源氏物語の花

青木　登

はじめに

日本には四季折々に美しい花が咲く。季節を彩る花、その移ろいのなかに『源氏物語』の世界が展開された。

清少納言は批評家の立場から花を取り上げて『枕草子』に記述し、紫式部は『源氏物語』で情景描写や心理描写に巧みに取り入れて、五十四帖のなかに花々をちりばめた。

王朝の人びとは春夏秋冬、それぞれの花に親しみ、愛し、その色を着物に写した。貴人たちの衣裳は花そのものであり、庭に咲く花とともに王朝文化の枠であった。

花は王朝文化を象徴するものであり、一つ一つの花の中に『源氏物語』の世界が凝縮されている。本書は五十四帖に取り上げられている花を各帖ごとに取り出し、花を通して『源氏物語』の世界を旅しようとするものである。

花の登場しない帖は物語の舞台となった景観を花として情景描写しようと試みたが、残念ながら『源氏物語』が書かれた千年前の景観の残るところはない。特に京都は長い間、政治の中心であったために幾多の戦乱が繰り返され、当時の景観はことごとく破壊されてしまっている。しかし幸運なことに、東北地方は平安時代の王朝文化の名残をとどめている。王朝人が憧れた陸奥は美しい自然を残しているばかりでなく、寝殿造りの遺構を完全な形で保存してくれた。それが岩手県平泉の毛越寺（特別名勝特別史跡）であり、福島県いわき市の白水阿弥陀堂（国宝）である。本書ではこうした東北の自然や各地の庭園も取り上げている。

平成十五年十月　　青木　登

毛越寺・荒磯　荒磯は荒波が打ち寄せる岩石海岸を表現したもの

もくじ

毛越寺・龍頭船　曲水の宴が終わり、歌人たちは龍頭船に乗って帰る

白水阿弥陀堂　手前が反橋、後方が直橋。左右に池が広がる

源氏物語の花

一・桐壺《きりつぼ》

桐壺更衣は帝の寵愛を一身に集めた

いつの時代の帝のことであったか。女御や更衣が数多くいた中に、それほど高貴な家柄の出身ではないのに、帝の寵愛を一身に受けている女性があった。

いづれの御時《おほんとき》にか。女御《にょうご》・更衣《かうい》、あまたさぶらひ給ひけるなかに、いと、やむごとなき際《きは》にはあらぬが、すぐれて時《とき》めき給《たま》ふ、ありけり。

桐壺更衣は玉のような皇子を生んだ

桐壺更衣《きりつぼのこうい》は桐壺に局を賜り、玉のような皇子を生んだ。『源氏物語』の主人公・光源氏である。

桐壺の中庭には桐の木が植えられていた

桐壺は帝が住んでいる清涼殿から遠い東北の隅にあり、中庭に桐の木が植えられていた。多くの女性の嫉妬をかい、嫌がらせを受けた桐壺更衣は、その心労がつもり、若くして世を去る。

帝は皇子を臣籍に下ろした

皇子（光源氏）は父帝の庇護のもとに成長した。帝は、皇子が後見に恵まれ政争の犠牲にならぬように配慮して、源氏の姓を与えて臣籍に下ろした。

源氏は母の面影を求めて藤壺を思慕

桐壺更衣が亡くなったあと、藤壺女御が入内《じゅだい》。源氏は十二歳で元服し、左大臣の娘・葵の上と結婚したが、亡き母に似ているという藤壺に母の面影を求め、藤壺を思慕する。

キリ（桐）・ゴマノハグサ科の落葉高木。樹高八～一五m。材質は軽く、丈夫で燃えにくいので、下駄や箪笥《たんす》、金庫の内張りなどに使われた。成長が早く、昔は女子が生まれると桐の苗木を植える風習があった。古今集に一首詠まれている。花期四～五月

フジ（藤）・マメ科の落葉高木。山野に自生。万葉集に二七首、新古今集に九首詠まれている。紫色は古代から最高の色とされ、中臣鎌足は藤原の姓を賜った。藤の花は平安時代に全盛を極めた藤原氏を象徴する花であった。花期四月。

キリ（桐）

キリの花は甘い香りを放つ。淡紫色の筒状の花は藤とともに高貴な花とされ、清少納言は『枕草子』「木の花は」で「桐の木の花、むらさきに咲きたるはなほをかしきに、葉のひろごりざまぞ、うたてこちたけれど、こと木どもひとしういふべきにもあらず」と評した。

フジ（藤）

藤色は青紫色のなかでいちばん薄い色。藤の花はその花色と長く下垂する花姿が日本人に愛されてきた。優雅で気品に富む花である。後宮では天皇の住む清涼殿のすぐ北に飛香舎《ひぎょうしゃ》（藤壺）があり、南面の中庭に藤が植えられていた。飛香舎は皇后や身分の高い女御が住む御殿で、藤の花の宴はここで行われた。

二・帚木

はゝきゞ

雨夜の品定め

五月雨《さみだれ》の降る夜、源氏の親友の頭《とう》の中将が訪れ、女性の品定《しなさだ》めをする。頭の中将は源氏の妻・葵の上の兄で、さらに二人の友人も加わり、女性論に花が咲いた。

ナデシコの花を添えた手紙

頭の中将はかつて愛した女性のことを話す。その女はナデシコの花を添えた手紙を寄こした。

山がつの垣《かき》ほ荒《あ》るともをり〳〵に
あはれはかけよ撫子《なでしこ》の露　常夏《とこなつ》の女

咲きまじる花はいづれとわかねども
なほ常夏にしくものぞなき　頭の中将

帚木は信濃国にあった伝説の木

帚木は信濃国にあった伝説の木。梢は箒木《ほうき》のようで、遠くから眺めると見えるが、近寄ると見えなくなるという。現在はこの木と同じ名前のハハキギがある。

源氏と空蝉が交わした歌

源氏は紀伊守の父の若い後妻・空蝉と一夜を共にした。源氏は空蝉に再び逢いたくて歌を贈ったが、空蝉は逢ってくれない。

帚木《はゝきゞ》の心を知らで園原《そのはら》の
道にあやなくまどひぬるかな　源氏

数ならぬふせ屋《や》に生《お》ふる名の憂《う》さに
あるにもあらず消ゆる帚木　空蝉

ナデシコ(撫子)・ナデシコ科の多年草。秋の七草の一つ。万葉集に二六首、古今集に二首、新古今集に二首詠まれている。清少納言は『枕草子』「草の花は」で、草花の筆頭にあげている。花期五月。

ナデシコ（撫子）

なで慈しむ子からナデシコの名前がつけられたように、花の可憐さと薄紅色の美しさから王朝人に愛された。別名「常夏」。夏から秋まで花期が長いことからの命名。常夏の女は頭の中将の実家からの圧力で中将のもとから姿を消した。のちに源氏が出会う夕顔である。

ハハキギ（帚木）

『源氏物語』２帖「帚木」と同名の植物。アカザ科の１年草で、ホウキグサ（箒木草）ともいわれ、草ぼうきをつくるために庭や畑に植えられた。平安時代の末に中国から渡来した。秋には美しく紅葉する。

三．空蟬

うつせみ

空蟬は中流階級の女性

空蟬は早く父母を亡くし、老受領の妻になっている。源氏は二帖「帚木」の雨の夜の品定めで、中流階級の女性に個性的で魅力的な女性が多いことを先輩から教わった。空蟬はそうした中流階級の女性である。

空蟬の寝所に忍び込む

空蟬に執心した源氏は空蟬の弟の手引きで、その寝所に忍び込んだが、それをいち早く察した空蟬は姿を消した。源氏は脱け殻となった空蟬の小袿《こうちぎ》をもって虚しく帰る。

帰宅して歌を詠んだ

空蟬《うつせみ》の身をかへてける木《こ》の下《もと》に
猶《なほ》人がらのなつかしきかな　源氏

蟬が脱け殻だけを残して去ってしまった木の下で、私はあなたのことを思っている、と詠んだ源氏に空蟬は「私も木陰で泣いている」と返歌を詠んだ。人妻である以上、あなたの恋に応えられないというのである。

空蟬の羽《は》におく露《つゆ》の木《こ》がくれて
しのび〳〵に濡《ぬ》る、袖かな　空蟬

空蟬は作者紫式部の自画像といわれる

紫式部の父は藤原為時で越前国の受領だった。空蟬は『源氏物語』の作者紫式部の自画像だといわれている。彼女は父に伴って福井県武生《たけふ》に下向し、武生で青春時代を過ごした。

武生に紫式部公園がある

武生は越前の国府があったところ。紫式部を偲んで今、紫式部公園が造られている。

紫式部公園（福井県武生市）

寝殿造りの庭を模した庭園で、釣殿、朱塗りの反橋・平橋などがあり、越前富士と呼ばれる日野山と相対して紫式部像が建っている。当時の武生への旅は、逢坂関を経て、琵琶湖の西岸を北上し、敦賀湾に出、そこから国府の武生に行った。冬は雪が多かった。

壇ふみをモデルにした紫式部像

金箔の十二単衣を着た紫式部像は女優・壇ふみをモデルにして制作された。台座の左右にレリーフがはめ込まれている。紫式部はここで１年ほど生活した。

ここにかく日野の杉むら埋む雪　小塩の松に今日やまがへる　　紫式部

四・夕顔《ゆふがほ》

夏の夕方、源氏はユウガオの花を見る

六条御息所《ろくじょうのみやすどころ》のもとに行く途中、源氏はユウガオの花を見た。

切懸《きりかけ》だつものに、いと青《あを》やかなるかづらの、心地《こゝち》よげにはひかかれるに、白き花ぞ、おのれひとり、笑《ゑ》みの眉開《まゆひら》けたる。

源氏は花の名を知った。隣家に隠れ住む女性が扇の上にユウガオの花を乗せて源氏に贈る。扇には歌が書かれていた。

心あてにそれかとぞ見る白露《しら》の
　ひかりそへたる夕顔《ゆふがほ》の花

源氏は女性に興味をもち、素性を惟光《これみつ》に調べさせた。頭の中将が愛した「常夏の女」らしかった。

源氏は八月十五夜、夕顔を荒ら家に誘う

源氏と夕顔は素性を隠したまま逢うようになり、八月十五夜、仲秋の名月に源氏は夕顔を荒ら家に誘った。高貴な女性である六条御息所や妻の葵の上といると肩がこるが、夕顔と話しているときは心の底からくつろげた。

夕顔は冷たくなっていた

しばしまどろんだあと胸騒ぎがするので、夕顔のもとに行くと冷たくなっていた。動転する源氏に代わって、駆けつけてきた惟光が亡骸を東山の山寺に葬った。

頭の中将が愛した常夏の女だった

夕顔の死後、夕顔の侍女を呼び出して聞くと、やはり雨の夜の品定めで、頭の中将が語った常夏の女であった。二人の間には三歳になる女の子がいることもわかった。のちに源氏の養女になる玉鬘である。

ユウガオ（夕顔）・ウリ科の蔓性の一年草。花は日没後、徐々に開いて翌朝に閉じる。変種にフクベとヒョウタンがある。フクベは丸ユウガオといわれ、かんぴょうの材料となる。新古今集に一首詠まれている。花期七〜八月。

ユウガオ（夕顔）

薄暮のなかに咲くユウガオは、夕顔の君に似てはかなげである。写真は日没二〇分後の花姿。清少納言は『枕草子』「草の花は」で、「夕顔は、花のかたちも朝顔に似て、いひつづけたるに、いとをかしかりぬべき花の姿に、実のありさまこそ、いとくちをしけれ」と書いた。

ナデシコ（撫子）

ナデシコの別名はトコナツ（常夏）。物語に出てくる夕顔と常夏の花は同一の女性であった。ユウガオもナデシコも優しく男心を誘う。ナデシコの花色は淡紅色で、花色も花姿も繊細で可憐である。

五．若紫

わかむらさき

北山で美しい少女を見い出す

北山の山中をそぞろ歩きをしているとき、小柴垣の庵のなかに美しい少女を見い出した。源氏が思慕している藤壺に生き写しだった。それもそのはずである。藤壺の姪であった。

源氏は少女を身近において、自分の思いのままに教え育てたいと思った。

手《て》に摘《つ》みていつしかも見むむらさきの
根《ね》にかよひける野邊の若《わか》草

ムラサキは『万葉集』にも詠まれている可憐な花で、根が紫色の染料となる。「紫」は源氏が思慕する藤壺、「野辺の若草」は愛する紫の根につながっている、そう思うと源氏はなにがなんでも少女を引き取りたかった。

病気療養で里帰りしていた藤壺と密会

源氏は藤壺の侍女を取り込み、侍女の手引きで病気療養で里帰りしていた藤壺と密会する。一夜で藤壺は懐妊した。しかし源氏には告げない。藤壺は密会の罪におののくばかりだった。

密会の場は回想であっさり語られる

源氏と藤壺との密会の場は注意して読まないと読み過ごしてしまう。悔恨の思いで回想するだけの表現である。

宮も、「あさましかりし」を、思《おぼ》し出《い》づるだに、世《よ》と共《とも》の御物《もの》思ひなるを、「さてだにやみなん」と、ふかう思《おぼ》したるに、……

源氏は藤壺のことが忘れられない。この五帖「若紫」では藤壺に生き写しの少女を引き取り、藤壺との密会という大事件が同時に進められてゆく。

ムラサキ（紫）・ムラサキ科の多年草。山野に自生。草丈五〇～六〇㎝。根が紅紫色の染料になり、古くから武蔵野が産地の草として知られていた。万葉集に一七首、古今集に三首、新古今集に三首詠まれている。花期五～六月。

ムラサキ（紫）

花径は五㎜前後の小さい花。この小さな花の根が紅紫色の染料となる。源氏も可愛い若紫の姫を理想の女性・紫の上に育て上げる。

万葉集では天智天皇の妻・額田王が以前の恋人であった天皇の弟・大海人皇子にだいたんな歌を贈る。

あかねさす紫野行き標野《しめの》行き
野守は見ずや君が袖振る　額田王

紫草のにほへる妹を憎くあらば
人妻ゆゑに吾恋ひめやも　大海人皇子

ムラサキツユクサ（紫露草）

アメリカ原産の多年草で、明治初年に渡来した。したがって『源氏物語』には登場しない花であるが、源氏が北山で見い出した若紫の姿を彷彿させる。淡紅紫色の花弁に乗る雄しべの黄色い葯（やく）、白色の綿毛が美しい。

六．末摘花

すえつむはな

夕顔のような女性に逢いたい

源氏は夕顔の死後、彼女のように高貴な身分でなく、可憐で気がねのいらない女性にめぐり会いたいと思っていた。そうした折、故常陸の宮の姫君の話を聞いた。荒れた屋敷に時代遅れの琴を友としてひっそり暮らす姫であった。源氏は十六夜《いざよい》の朧月夜に訪れたが、内気で物足りない姫君であった。

雪の朝、源氏は姫君の顔を見た

冬になり、しばらくぶりに訪ねた雪の朝、源氏は自分で格子を上げ、雪明かりのなかで姫君の顔を見て、びっくりした。あまりにも不器量であった。胴長で鼻は象のように長く、先が垂れ曲がっていた。

まづ、居丈《ゐだけ》の高《たか》う、を背長《せなが》に見え給ふに、「さればよ」と、胸つぶれぬ。うちつぎて、「あな、かたは」と見ゆる物は、御鼻《はな》なりけり。ふと、目ぞとまる。普賢菩薩《ふげんぼさち》の乗物《のりもの》とおぼゆ。あさましう高うのびらかに、先の方すこし垂《た》りて、色づきたること、ことの外《ほか》に、うたてあり。

源氏は姫を末摘花と名づける

末摘花はベニバナのこと。ベニバナは茎の先にある花を摘むので末摘花といわれ、鼻の赤い姫を花の赤いベニバナにたとえて末摘花と名づけた。「花と鼻」のしゃれである。帰宅した源氏は自分の鼻の先を赤く塗って、紫の上と戯れた。

ベニバナ(紅花)・キク科の一年草。西アジア・地中海沿岸の原産で、古墳時代に渡来。紅色の染料や化粧品の原料として栽培された。現在は紅花油の原料や切り花、ドライフラワーなどに利用される。万葉集に「くれなゐ（紅）」「すえつむはな（末摘花）」として三四首、古今集に一〇首、新古今集に三首詠まれている。花期六～七月。

ウメ(梅)・中国原産の落葉高木。奈良時代に渡来。紅梅は平安時代。奈良時代には花といえば梅で、万葉集に一一九首、古今集に二八首、新古今集に二七首詠まれている。清少納言は『枕草子』「木の花は」で「木の花は、こきもうすきも紅梅」と紅梅を絶賛した。花期二～三月。

ベニバナ（紅花）

花は鮮黄色から紅色に変わってゆく。葉に鋭い刺があるが、切り花には刺のない品種が使われる。山形県が産地で、松尾芭蕉も『奥の細道』で次の句を残している。

まゆはきを俤《おもかげ》にして紅粉《べに》の花

芭蕉はベニバナを見て女性の眉掃きを連想し、源氏は赤い鼻。笑い者にされた末摘花があわれである。

コウバイ（紅梅）

末摘花邸から帰宅した源氏は庭に咲き始めた紅梅を見て次の歌を詠んだ。

くれなゐの花ぞあやなくうとまるゝ　梅《むめ》のたち枝《え》はなつかしけれど

紅の花の咲く紅梅はいいが、鼻の赤いのはうとましい。末摘花の鼻と紅梅の花とを関連させた歌である。

七. 紅葉賀《もみぢのが》

源氏が頭の中将を相手に青海波を舞う

紅葉賀は紅葉を賞美する宴で、帝は紅葉賀に参列できない藤壺のためにリハーサルを清涼殿の前庭で行なった。源氏は頭の中将を相手に青海波《せいがいは》を舞い、その美しい姿が人々の称賛の的となった。しかし藤壺は源氏の子を宿しているだけに胸のうちは複雑だった。

紅葉のかげで四十人の楽人が奏でる

本番の紅葉賀は十月十日過ぎに行なわれた。次はそのときの描写である。

木《こ》だかき紅葉《もみぢ》のかげに、四十人の垣代《かいしろ》、いひ知らず吹き立てたる、ものの音《ね》どもにあひたる松風、「まことの深山《みやま》おろし」と聞えて吹きまよひ、色〳〵に散りかふ木《こ》の葉の中より、青海波《せいがいは》の輝き出《い》でたるさま、いと、恐ろしきまで見ゆ。かざしの紅葉、いたう散り透《す》きて、顔《かほ》のにほひに、けおされたる心地《ち》すれば、御前《おまへ》なる菊を折りて、左大将、さしかへ給ふ。

藤壺は不倫の子を出産する

藤壺は不倫の子を出産した。帝は源氏と瓜二つの皇子に何の疑いもなく喜んだ。藤壺は弘徽殿《こきでん》の女御を越えて中宮となった。東宮の母であった弘徽殿はそれがおもしろくない。

藤壺が生んだ皇子は成長するにつれ、ますます源氏に似てきた。人々は二人を月と日が大空に並んで光り輝いているようだと思った。

「げに、いかさまに、つくりかへてかは、おとらぬ御有様は、世に出でものし給はまし。月日の光の、空に通ひたるやう」にぞ、世の人も思へる。

カエデ（楓）・カエデ科カエデ属の植物の総称。カエデは葉が蛙の手に似ていることからつけられた。イロハモミジはイロハカエデともいい、モミジとカエデの区別はない。紅葉は万葉集に一一七首、古今集に五二首、新古今集に二八首詠まれている。

カエデの輝き

真っ赤に燃えたカエデは落葉前の一瞬の輝きである。その激しいまでの美しさは古来から多くの日本人の心をとらえてきた。幸田文は『なごりのもみじ』でカエデの落葉を「花よりもはなやかに、優雅に、しかも鮮烈である。これほど美しいいのちの果てというものが他にあろうか」と絶賛した。

カエデの黄葉

万葉人は黄色を最高とする唐の美学の影響を受けて、色鮮やかな紅葉《こうよう》より黄葉《こうよう》を愛した。十和田湖のモミジの美しさも黄葉を主体にしている。

八・花宴

はなのえん

左近の桜の宴が催される

源氏二十歳の春、紫宸殿《ししんでん》の左近の桜の宴が催された。

二月《きさらぎ》の廿日あまり、南殿《なでん》の櫻の宴せさせ給ふ。

宴のあと、源氏は藤壺のあたりをさまようが、戸口はぴたりと閉まっていた。そこへ「朧月夜《おぼろづきよ》に似る物ぞなき」と口ずさみながら女性が歩いてくる。

深き夜のあはれを知るも入《い》る月の
　おぼろげならぬ契りとぞ思ふ

その女性を空部屋に抱き入れて源氏は契りを結んだ。

右大臣邸では藤の花の宴

三月二十日過ぎ、右大臣家で藤の花の宴が行なわれた。

三月《やよひ》廿日餘《よ》、右の大殿の弓の結《けち》に、上達部《かむだちめ》・親王《みこ》達《たち》、おほく集ひ給ひて、やがて、藤の宴し給ふ。花ざかりは過ぎにたるを、「ほかの散りなむ」とや、教へられたりけむ、おくれて咲く櫻二木《ふた》ぞ、いとおもしろき。

朧月夜は政敵の娘だった

右大臣家の藤の花の宴の夜、源氏は朧月夜と再会した。朧月夜は右大臣の娘、弘徽殿《こきでん》の女御《にょご》の妹であった。源氏の妻は左大臣の娘、源氏は政敵の娘と関係をもってしまったのである。しかも朧月夜は近く東宮に入《じゅ》内《だい》することになっていた。

ヤマザクラ(山桜)・バラ科サクラ属の落葉高木。西行や王朝人の愛した桜はヤマザクラである。現在は桜といえばソメイヨシノをさすくらいソメイヨシノが主流になっている。ソメイヨシノはオオシマザクラとエドヒガンの交配種で、成長が早く葉が出る前にたわわに花をつけるので、明治時代以後急速に普及した。花期三月下旬〜四月上旬。

ヤマザクラ（山桜）

ヤマザクラの美しさは萌え出たばかりの透き通るような赤褐色の若葉と淡紅白色の花とのバランスである。本居宣長は『玉勝間』で「花はさくら、桜は山桜の葉あかくてりほそきが、まばらにまじりて、花しげく咲きたるは、またたぐふべく物もなく、うき世のものとも思はれず」といった。

ヤマザクラの樹姿

ヤマザクラにも葉の少ないシロヤマザクラがある。現在では園芸種も多いが、ヤマザクラの樹形を眺めると赤褐色の葉が樹形を縁取り、霞がたなびくように見える。葉が緑色なのがオオシマザクラで、どちらも葉と花とのバランスが絶妙な美をつくる。

九・葵

あふひ

桐壺帝が譲位して朱雀帝の世となった

源氏の父であった桐壺帝が譲位し、弘徽殿の女御が生んだ朱雀帝が即位した。藤壺が生んだ皇子は東宮になり、源氏が後見役となった。

葵祭で六条御息所と葵の上が車争い

賀茂の葵祭の禊《みそぎ》の日、斎院が賀茂の河原で禊をする。その斎院の行列に供奉《ぐぶ》する源氏の姿を一目見ようと六条御息所は人目を忍んで出かけてきた。葵の上の車と出会い、六条御息所の車は傷めつけられ、隅に押しやられてしまう。

六条御息所の生霊が葵の上にとりついた

葵祭の車争いで屈辱を受けた六条御息所の生霊が懐妊した葵の上にとりついた。葵の上は苦しみながら男の子を出産。一方、六条御息所は祈祷の護摩に焚く芥《け》子《し》の匂いが髪や衣服にしみ込んで消えない。

あやしう、我にもあらぬ御心地《こゝち》を、思《おぼ》し續くるに、御衣《ぞ》なども、たゞ、芥子《けし》の香《か》に、しみかへりたり。あやしさに、御ゆする參《まね》り、御衣着《ぞき》かへしなどし給ひて、こころみ給へど、なほ、おなじやうにのみあれば、わが身ながらだに、うとましう思《おぼ》さるゝに、まして、人の、いひ思はむことなど、人にのたまふべき事ならねば、心一つに思《おぼ》し嘆くに、……

六条御息所も錯乱。そうした中で葵の上は物の怪《け》に襲われ急死した。

源氏は紫の上と枕を交わす

源氏は四十九日の喪に服したあと、二条院に帰り、成長した紫の上と初めて枕を交わした。この帖で源氏と紫の上が事実上の夫婦になったのである。

フタバアオイ(双葉葵)・ウマノスズクサ科の多年草。京都加茂神社の葵祭に用いられることからカモアオイともいわれる。徳川家の紋章の葵もこの双葉葵。古今集に「あふひ」として二首、新古今首に五首詠まれている。花期三～五月。

牛車（宇治市源氏物語ミュージアム常設展示）

平安時代に貴族が乗った車で、女性は御簾の下から着物の袖や裾を見せていた。輪の大きさは直径1.9m。4人が乗れた。

フタバアオイの花

淡紅色の地味な花で、注意して見ないとわからない。花の直径は15mm程度。

フタバアオイ（**双葉葵**）

ハート形の2枚の葉が互生する。加茂神社祭のとき牛車や冠の飾りに使用される。そのいわれは加茂別雷神《かもわけいかずちのみこと》が亡くなったとき、悲しんだ母の夢に「葵の鬘を飾って祭をせよ」との神のお告げがあったからだといわれる。

一〇・賢木

さかき

六条御息所は源氏との愛を清算

六条御息所は源氏との愛を清算するために伊勢への下向を決意した。源氏は別れを惜しんで嵯峨の野の宮に籠もる御息所を訪ねる。時は晩秋であった。

秋の花、みな衰へつゝ、浅茅《あさぢ》が原も、かれぐなる蟲の音に、松風すごく吹き合はせて、……物はかなげなる小柴を大垣《おほがき》にて、板屋《いたや》ども、あたりぐ、いと、かりそめなめり。

桐壺院が崩御、権勢は右大臣一族に移る

桐壺院が崩御し、権勢は右大臣一族の手に移った。帝の母・弘徽殿の権力が増大し、源氏や左大臣家は圧迫された。

源氏は藤壺に愛を拒否される

源氏は藤壺を恋し、愛を迫るが、拒否され、気持ちをまぎらわすために雲林院を訪ねた。

紅葉、やうぐ色づきわたりて、秋の野の、いと、なまめきたるなど、見給ひて、故郷も忘られぬべく、思《おぼ》さる。……菊の花、濃き薄き紅葉《もみぢ》など、折り散らしたるも、はかなげなれど、……

藤壺がついに出家。出家した女性にはたとえ源氏でも手を出すことができない。

源氏と朧月夜との密会が露見

源氏と朧月夜との密会が露見し、弘徽殿が激怒。源氏を失脚させる画策が始まった。

キク(菊)・キク科の多年草。野性の菊は各地に自生している。園芸種が中国から渡来したのは奈良時代。平安時代には九月九日の重陽の節句に菊花の宴が行なわれ、酒杯に菊花を浮かべて飲み、菊花を観賞した。古今集に一五首、新古今集に一一首詠まれている。花期一一月。

カエデ（楓）

十帖「賢木」は神木の榊が帖名になっているが、物語の内容は源氏失脚の前ぶれを暗示するものである。朧月夜と密会するなど20代前半の青年の無謀さが描かれ、源氏の姿は落葉前の一瞬の輝きに似ていた。

ノコンギク（野紺菊）

山野や道ばたなどに自生している代表的な野菊。野に咲く青紫色の花からノコンギクと名づけられた。『源氏物語』ではナデシコに続いて菊が多く登場する。菊はその年の最も遅く咲く花で、霜によって変色した姿を慈しみ、哀惜の対象となった。

一一・花散里

はなちるさと

人目なく荒れたる宿《やど》はたちばなの
花こそ軒のつまとなりけれ　女御

故桐壺院の女御邸を訪れる

故桐壺院の女御であった麗景殿《れいけいでん》は子がなく、ひっそりと暮らしていた。五月雨の晴れ間、源氏は麗景殿を訪れる。

人目なく静かにて、おはする有様を見給ふにも、いとあはれなり。まづ、女御の御方《かた》にて、昔の物語など聞え給ふに、夜更《ふ》けにけり。廿日の月、さし出《い》づる程に、いとゞ木高《だか》き陰ども、木暗《こくら》う見えわたりて、近き橘の薫り、懐しう匂ひて、……

タチバナの香りが漂ってくる

夜がふけてくると、高くそびえた木立の影が見渡され、タチバナの香りが漂ってくる。源氏は麗景殿と亡き桐壺院のことを語り合った。

たちばなの香《か》をなつかしみ郭公《ほととぎす》
花散る里をたづねてぞ訪《と》ふ　源氏

花散里は若楓のような女性

麗景殿は妹の花散里と住んでおり、源氏は花散里の居室も訪ねた。長い間、ほっておいた女性であったが、花散里はいやな顔もせず優しく迎え入れた。

この一一帖はわずか岩波文庫四頁ほどの短編で、次の「須磨」「明石」への間奏曲のような巻である。花散里についても数行の記述しかないが、のちに六条院の夏の町に迎え入れる重要な女性である。謙虚で心が広く、若楓を思わせるような人柄であった。

タチバナ(橘)・ミカン科の常緑小高木。秋に実を熟すが、酸味が強くて食用にはならない。平安京の紫宸殿階下に「右近の橘」が植えられていた。万葉集に六八首、古今集に五首、新古今集に一四首詠まれている。花期五月。

タチバナ（橘）

タチバナは常緑の葉のなかに咲く清楚な花。花径二cmほど。『古今和歌集』に詠まれているように、その香りが昔の人を偲ばせた。

さつき待つ花橘の香をかげば
昔の人の袖の香ぞする
よみ人しらず

ワカカエデ（若楓）

紅葉するカエデは美しい。しかし初夏のワカカエデも紅葉に劣らない。吉田兼好は『徒然草』「家にありたき木は」で「卯月ばかりの若楓、すべてよろづの花紅葉にもまさりて、めでたきものなり」といった。

一二・須磨

すま

源氏は須磨へ都落ちする

これまで順調に進んできた源氏に暗雲がたれこめてきた。弘徽殿・右大臣派の策謀で官位を剥脱され、源氏の身には流罪が迫っていた。それを察知した源氏は自ら須磨へ都落ちする。愛する女性たちを都に残しての出立《しゅったつ》。桜散る季節であった。

いつか又春のみやこの花を見む
　時うしなへる山がつにして　　源氏

都からの音信を慰めとする

須磨の生活は侘しかった。そんな源氏を慰めてくれるのは都からの音信であった。

荒れまさる軒のしのぶをながめつゝ
　しげくも露のかゝる袖かな　　花散里

花散里からの便りであった。源氏はなお一層都に思いを馳せる。「げに、葎《むぐら》より外《ほか》の後見《うしろみ》もなきさまにて、おはすらむ」と推察してみたり、梅雨の「長雨に、築土《ついぢ》ところ〴〵崩《くづ》れて」などと聞くと、都にいる家司《けいし》に花散里の家の修理を命じたりした。

突然暴風雨に襲われる

季節は秋から冬、そして春がやってきた。源氏が海辺で開運の禊《みそぎ》をしていると、突然雷がなり、暴風雨に襲われた。

にはかに風吹き出でて、空もかき暮れぬ。……海の面《おもて》は、衾《ふすま》を張りたらむやうに光り満ちて、神、鳴りひらめく。

ノキシノブ(軒忍)・ウラボシ科の常緑のシダ植物。木の幹・岩・民家の軒先などに生える。風鈴をつけるツリシノブは別草のシノブ(忍)。万葉集にシダクサとして一首、古今集にシノブグサとして五首、新古今集に一一首詠まれている。

サクラ（**桜**）

源氏が都落ちしたときは桜の花の散る季節であった。花が咲くにつけ散るにつけ都のことが思い出される。都に帰れる日はいつのことだろうか。

ノキシノブ（**軒忍**）

ノキシノブは人を偲ぶ草。光源氏のモデルともいわれる源融《みなもとのとおる》は東北の自然を愛した。古今集にノキシノブを詠んだ歌がある。

陸奥のしのぶもぢずり誰ゆゑに
みだれむと思ふ我ならなくに　源融

時は流れ、松尾芭蕉は『奥の細道』で、源融の歌に詠まれた「信夫の里」をおとずれ、次の句を残した。

早苗とる手もとや昔しのぶ摺　松尾芭蕉

一三．明石

あかし

故桐壺院が夢枕に立ち須磨を去れと告げる

暴風雨は止まず、源氏は住吉《すみよし》の神に願を立てた。

「住吉の神。ちかき境《さかひ》を鎮《しづ》め守り給ふ、まことに跡を垂れ給ふ神ならば、たすけ給へ」

その夜、源氏の夢枕に故桐壺院が現れ、住吉明神の導きに従って須磨の浦を去れと告げる。明け方、明石の入道が船で源氏を迎えに来た。入道にも夢のお告げがあったのである。

源氏は明石の君と結婚

明石に渡った源氏は入道の海浜の館に身を寄せた。ある日、入道の娘が住む岡の館を訪ねる。

鐘の聲《こえ》、松風に響きあひて、物悲しう、岩に生《お》ひたる松の根ざしも、心ばへあるさまなり。

やがて二人は結ばれ、明石の君は源氏の子を身ごもった。

源氏が都に帰る

そのころ都では不吉な事が続いていた。須磨に暴風雨があれまくった夜、朱雀帝の夢枕にも故桐壺院が現れた。帝は眼病を患い、弘徽殿の父の太政大臣が急逝、弘徽殿も病気がちであった。これらはすべて源氏を苦しめている報いであると考えた帝は、弘徽殿の反対を押し切って源氏を都に迎える。

マツ（松）・マツ科の常緑高木。一般にはアカマツやクロマツをさすが、ハイマツや五葉など世界では一〇種類ほどある。万葉集に七九首、古今集に二五首、新古今集に八九首詠まれている。

マツ（松）

白砂青松といわれる海岸の松原の景観のほかに、岩に生える松も風情がある。「明石」では「岩に生ひたる松の根ざしも、心ばへあるさまなり」と出てくる。松は住吉の松、明石の君が住む大堰川山荘の松、六条院の冬の町の松へと関連してゆく。マツ（松）はマツ（待つ）の心を象徴していた。

住吉大社（大阪市住吉区）

全国にある住吉神社の総本宮。海の神、農耕の神として信仰を集め、源氏も海の神・住吉の神に祈った。現在の建物は文化５年（1808）の造営。奥から第一・第二・第三の本殿が並び、第四殿は第三殿の南にある。優美で荘重、『源氏物語』の世界を今に伝える雰囲気をもつ神殿である。

一四. 澪標

みをつくし

数《かず》ならで難波《なには》の事もかひなきに
などみをつくし思ひそめけむ　明石の君

二人の歌にある「みをつくし」がこの帖の帖名になっている。澪標とは通行する船に水路を知らせるために立てた杭《くい》のことである。

源氏に再び権勢がめぐってきた

明石から帰京した翌年、朱雀帝が譲位し、十一歳の冷泉帝が即位した。冷泉帝は源氏と藤壺の間に生まれた罪の子であったが、二人はその秘密を固く守った。葵の上の父も太政大臣になり、源氏一門に再び権勢がめぐってきた。明石では明石の君が女の子を産んだ。

源氏は住吉明神に参詣

源氏は住吉明神に願をかけ、願いがかなったお礼に住吉神社に参詣した。折も折、明石の君も参詣に来ており、再会はかなわなかったが、歌のやりとりをする。

みをつくし戀《こ》ふるしるしにこゝまでも
めぐり逢ひける縁《えに》は深しな　源氏

六条御息所は娘を源氏に託して亡くなった

六条御息所は病に倒れ、見舞いに来た源氏に娘の後見を託した。源氏は姫を養女にして、藤壺と相談し、冷泉帝の妃として入内させようと計画する。冷泉帝は十一歳、六条御息所の娘は二十歳であったが、源氏と藤壺の計画は順調に進められてゆく。

住吉大社の太鼓橋

太鼓橋は勾配が急であればあるほど宗教的な雰囲気を高める。橋を渡ることによって俗界から聖域に入ることを意味している。浄土庭園では、反橋や平橋を渡ると此岸から彼岸へ行く、とされている。

住吉大社社殿

31頁の住吉大社の写真の視点を右にずらしてゆくと、前方に神門が見え、その前方に上の写真の太鼓橋がある。

檜皮葺きの屋根、朱塗りの柱、屋根の千木。シンプルな中に優美でおごそかな雰囲気が漂う。これぞ源氏物語の世界と言えるだろう。周囲の豊かな緑が境内の清澄感をいっそう高める。

一五・蓬生

よもぎう

末摘花邸が荒廃

源氏が都落ちし、須磨・明石で生活している間に、末摘花の屋敷は荒廃した。蓬生は雑草の生えたところの意。末摘花の屋敷はチガヤ・ヨモギ・ムグラなどの雑草が生い茂る場所と化していた。

かゝるまゝに、浅茅《あさぢ》は、庭の面《おも》も見えず、しげき蓬《よもぎ》は、軒を争《あらそ》ひ生《お》ひのぼる。葎《むぐら》は、西・東の御門《みかど》を閉《と》ぢこめたるぞ、たのもしけれど、崩れがちなる垣を、馬・牛など踏みならしたる、……

召使たちも次々と去り、生活は困窮をきわめたが、末摘花は屋敷や道具も売らず、ひたすら源氏の来訪を待っていた。

蓬生の宿・浅茅生の宿

浅茅生《あさじう》は丈の低いチガヤが生えているところで、荒廃した風景をさす。『源氏物語』では荒廃した邸宅を蓬生《よもぎう》の宿、浅茅生の宿などと表現しているのである。

源氏が末摘花邸前を通る

源氏は花散里を訪ねる途中で、見るかげもなく荒廃している家の前を通りかかった。

大きなる松に、藤の咲きかゝりて、月影に靡《なび》きたる、風につきて、さと匂ふがなつかしく、そこはかとなき薫りなり。橘には變《かは》りて、をかしければ、さしいで給へるに、柳もいたうしだりて、築地《ついぢ》にさはらねば、亂《みだ》れふしたり。

ここが末摘花の家であることを思い出し、彼女と再会した源氏は、そののち彼女を手厚く庇護し、二条東院に引き取る。

> ツバナ（茅花）・チガヤ（茅萱）の花穂《かすい》をツバナ（茅花）という。チガヤは川原や原野に群生し、若い花穂は噛むとかすかな甘味がある。昔は子どもが花穂を抜いて食べたものである。浅茅原・浅茅生は万葉集に二一首、古今集に三首、新古今集に二二首詠まれている。花期四〜六月。

ススキ（薄）

ススキの美しさは夕陽に輝く白銀の花穂。しかし清少納言は『枕草子』「草の花は」で「秋のはてぞ、いとみどころなき。色々に乱れ咲きたりし花の、かたちなく散りたるに、冬の末まで、かしらのいとしろくおほどれたるも知らず、むかし思ひ出顔に、風になびきてかひろぎ立てる、人にこそいみじう似たれ」と批判した。

ツバナ（茅花）

秋のススキに対し、初夏のツバナは草丈が低く、銀穂の輝きにも優しさがある。新古今集に次の歌がある。

ふる里はあさぢが原になりはてて　月に残れる人のおもかげ　　　藤原良経

一六．關屋

せきや

源氏は逢坂の関で空蝉に逢う

空蝉は源氏の愛を拒んだあと、夫の任地の常陸に下っていた。夫の任が終わり、上京する途中、逢坂の関で、石山寺参詣に行く源氏の行列に出会った。

九月晦日《ながつきつごもり》なれば、紅葉の、色〳〵こきまぜ、霜枯れの草、むら〳〵をかしう見え渡るに、關屋より、さと、くづれ出でたる旅姿どもの、色〳〵の襖《あを》のつきぐ〵しき縫物《ぬひもの》・くゝり染《ぞ》めのさまも、さる方にをかしう見ゆ。

關屋は関所の番小屋のこと。「關屋」は短い話で、岩波文庫わずか五頁分しかない。「一一．花散里」と同じように「源氏物語」五十四帖の間奏曲である。

空蝉は尼になる

空蝉の老いた夫が亡くなった。夫の子の河内守（もとは伊予守）は義母の空蝉に下心があって言い寄ってくる。空蝉は浅ましく思い、尼になった。女にとって言い寄る男から身を守る手段は尼になることだった。

いと、あさましき心の見えければ、「憂《う》き宿世《すくせ》ある身にて、かく生きとまりて、はて〳〵は、珍しき事どもを、聞き添《そ》ふるかな」と、人知れず思ひ知りて、人に、「さなむ」とも知らせで、尼になりにけり。

空蝉ものちに末摘花と同じように源氏の二条東院に引き取られ、生涯源氏に庇護される。源氏との契りは一度だけで、あとは源氏の愛を受けつけなかったプライドの高い女性であった。紫式部が自分自身をモデルにした女性である。

石山寺（滋賀県大津市）

真言宗の寺院。藤原氏の参詣が多かったので奈良の長谷寺とともに人々の信仰を集めた。手前の出窓になっている部屋が紫式部源氏の間。八月十五夜の月が琵琶湖に映え、参籠《さんろう》していた式部の心は澄みわたった。物語の構想が浮かび、大般若経の裏に書き留めた。それが「須磨」の帖といわれる。

真っ赤に燃える紅葉

源氏と空蟬は逢坂の関所で出会った。紅葉が真っ赤に燃えるなかで、源氏一向と牛車からこぼれる空蟬の衣裳の袖口や襲《かさね》の色合いが鮮やかに浮かびあがる。鄙《ひな》びた田舎でくり広げられる王朝絵巻を見るような風景が想像される。

一七. 繪合《ゑあはせ》

冷泉帝に二人の女御

六条御息所の姫は源氏の養女になり、後宮に入って梅壺女御となった。冷泉帝にはすでに弘徽殿の女御がいる。二人の女御は繪合わせを行なうことになった。左右にわかれ、それぞれの陣営から絵を一枚ずつ出し合って優劣を争う遊びである。

繪合わせは親同士の争い

弘徽殿の親は権中納言（もとの頭の中将）で、権中納言は絵師たちにすばらしい絵を描かせ、娘の弘徽殿のもとに集めた。源氏もこれに対抗して秘蔵の絵画を取りそろえる。両陣営とも名品ばかりを集め、繪合《えあ》わせの勝負は決着がつかず夜に入った。最後に梅壺方が、源氏が須磨に流されていたときに描いた「須磨の繪日記」を出して梅壺方の勝利となった。

「須磨の繪日記」は人々に大きな感動を与えた

人々は初めて須磨の風景などを見て感激し、源氏の配所での侘しい暮らしに感涙を禁じえなかった。

みこよりはじめたてまつりて、涙とゞめ給はず。その世に、「心苦し。悲し」と、おもほしし程よりも、おはしけむ有様、御心に思しし事ども、たゞいまのやうに見え、所のさま、おぼつかなき浦《うら》〳〵・磯の、かくれなく書きあらはしたまへり。

源氏は繪合わせのあとに「須磨の繪日記」を藤壺に献上した。そこには冷泉帝を守るために都落ちしたことをピーアールするねらいもあったろう。

曲水の宴

平安時代の優雅な貴族の遊びや行事には、繪合わせのほかに蹴鞠《けまり》や曲水の宴などがあった。曲水の宴は宮中では３月３日に行なわれたが、岩手県平泉の毛越寺では毎年５月第４日曜日に古式にのっとって再現される。杯を乗せた羽觴《うしょう》が上流から遣水《やりみず》に流され、酒を入れた杯が自分の前を流れ過ぎないうちに歌人が短冊に歌をしたためる遊びである。

杯を誘導する童子

杯を乗せた羽觴が岸などにつかえて滞ると童子が誘導する。そのしぐさが愛らしい。毛越寺では曲水《きょくすい》の宴を「ごくすい」の宴と呼んでいる。

一八・松風

まつかぜ

身をかへてひとり帰《かへ》れる山里に
聞きしに似たる松風ぞ吹く　　尼君

二条院・嵯峨野御堂を造営

源氏は二条院を造営し、西の対に花散里を迎えた。東の対には明石の君を迎える予定であったが、明石の君は自分は田舎者だとして上京をしぶった。源氏は嵯峨野に御堂を建てる。

つくらせ給ふ御堂《だう》は、大覚《かく》寺の南にあたりて、瀧《たき》殿《どの》の心ばへなど、劣らず、おもしろき寺なり。これは、かは面《づら》に、えもいはぬ松かげに、何《なに》のいたはりもなく建てたる寝殿の、事そぎたるさまも、おのづから、山里のあはれを見せたり。

明石の君が大堰川のほとりに住む

明石の入道は娘のために大堰川《おおいがわ》のほとりにあった山荘を修築。明石の君は幼い姫君と母の尼君と共に上京し山荘に落ち着いた。大堰の景色は懐かしい故郷に似ていた。明石の君が弾く琴の音にあわせるように松風が鳴り響く。

源氏は明石の君と再会

源氏は一刻も早く明石の君に会いたいのだが、紫の上をはばかって出かけられない。嵯峨野に造営中の御堂を見に行くという口実をつけてやっと大堰へ行き、明石の君と再会。三歳になったあどけない姫君を見て感激した。

紫の上はご機嫌斜め

紫の上には子どもがいない。明石の君が嵯峨野に移り住んできたことは、紫の上の心を動揺させた。源氏は紫の上のご機嫌をとるのに苦労する。しかし姫君を養女として引き取ろうともちかけられ、子ども好きな紫の上は、わが手で養育しようと決心した。

アカマツ（赤松）

アカマツはサーモンピンクの幹が美しい。葉も細く柔らかである。男性的なクロマツに対し女性的で、メマツといわれる。明石の君が弾く琴の音が松のこずえを渡る風の音に交じって聞こえてくるような気がする。

大堰川

京都の西郊嵯峨野を流れる川。保津川・桂川とも呼ばれる。嵐山や小倉山を背景にした渡月橋あたりは古来から風光明媚な場所だった。観月の地として知られ、周辺に貴族の別荘が建ち、貴族たちは川に舟を浮かべて、春は桜、秋は紅葉を楽しんだ。

一九・薄雲

うすぐも

明石の君は姫君を手放す

雪が降り続き、大堰川のほとりに住む明石の君は侘しい毎日を送っていた。

雪ふかみ深山《みやま》の道ははれずとも
　なほふみ通へ跡たえずして　　明石の君

雪が少し解けたころに源氏が訪ねてきた。姫君を二条の院に連れて行く。明石の君の淋しさはいっそうつのった。

都では太政大臣・藤壺が相次いで亡くなった

明石の君が大堰川のほとりで淋しい生活をしているころ、都では葵の上の父であった太政大臣が亡くなり、藤壺もあの世に旅立った。「薄雲」は死を悲しむ次の源氏の歌からとられた。

入日さす峰にたなびく薄雲は
　物おもふ袖に色やまがへる　　源氏

四季折々の花を楽しみたい

秋になり梅壺が二条院に里帰りした。源氏は梅壺と春秋優劣論を交わし、春秋のどちらが好きかと訪ねた。梅壺は秋に心を寄せていると答えた。

帰宅した源氏は紫の上に四季折々の花を楽しむ優雅な生活を送りたいと語る。

「女御の、秋に心を寄せ給へりしも、あはれに、君の、春の明けぼのに心しめ給へるも、ことわりにこそあれ。時〳〵につけたる、木草の花によせても、御心とまるばかりの遊びなどしてしがな」と。

雪が降り続く

都から離れた辺鄙な大堰川のほとりに住む明石の君は、雪に閉じこめられて淋しさがつのった。せめて源氏からの便りだけは絶えないでほしいと願う。それが本文にある明石の君の歌である。

秋の風情

梅壺は秋の風情が好きと答え、それ以後、梅壺は「秋好中宮」と呼ばれるようになった。紫の上は桜の咲く春を愛し、六条院が完成したときに秋好中宮は秋の町、紫の上は春の町に住むようになる。

二〇・朝顔《あさがほ》

源氏は朝顔に思いを寄せる

朝顔の君は賀茂神社に奉仕していたが、父親の死去で自宅に帰ってきた。若いころから姫に気があった源氏は同居している女五の宮の病気見舞いにかこつけて訪問したが、冷たくあしらわれた。翌朝、源氏は朝霧のたつ庭をぼんやり眺める。

枯れたる花どもの中に、朝顔の、これかれにはひまつはれて、あるかなきかに咲きて、匂ひも殊に變《かは》れるを、折らせ給ひて、たてまつれ給ふ。

見し折《をり》の露わすられぬ朝顔の
花のさかりは過ぎやしぬらん　源氏

朝顔は源氏からの手紙を無視することができず、返歌だけは贈った。

秋はてて霧のまがきにむすぼほれ
あるかなきかに移る朝顔　朝顔

二人の仲は世間の噂になり紫の上は嫉妬にかられる

源氏の朝顔への思いはつのるばかりであったが、朝顔は終始、源氏の求愛を拒み続けた。二人の仲は世間で噂になり、紫の上は嫉妬にかられ穏やかでない。

源氏の愛を拒み通した唯一の女性

源氏は当代きっての美男子、お金も地位もある。しかし朝顔は源氏の愛を最後まで拒み通した。源氏の正妻であった葵の上や六条御息所のような女の苦しみを味わいたくなかった。源氏に愛されることは嬉しいが、葵の上や六条御息所の二の舞を踏みたくなかったからである。

アサガオ（朝顔）・ヒルガオ科の一年草。熱帯アジアの原産で、奈良時代の末に中国から薬用として渡来した。古今集に一首、新古今集に三首詠まれている。江戸時代に改良が進み、現在のような多様なアサガオが生み出された。花期七～八月。

アサガオ（朝顔）

朝咲いて午後にはしぼむことから、平安時代の文学では「露と消える」の露のはかなさ・無常観と結びついて表現されることが多い。次の新古今集の歌がそれをよく示している。

何かおもふ何かはなげく世の中は
　ただ朝顔の花のうへの露
　　　　　　　　　　伝清水観音

朝顔の君

瀬戸内寂聴は『源氏物語』の解説で「朝顔の姫君は、源氏に唯一、失恋を味わわせた誇高い女として、存在価値を光らせている」と書き、渡辺淳一は『源氏に愛された女たち』で、次のように論評している。

この世の春を謳歌していた源氏は、朝顔の君にぶつかったことによって、この世には意のままにならぬ、いかなる地位や名声をもってしても口説ききれぬ女性がいる、ということを実感させられた。そうしてこのあと女性関係から人間関係においても、意のままにならぬ気配がちらつきはじめ、源氏の後半生は孤独と虚無の世界へと追い込まれていく。

二一・乙女《をとめ》

源氏は太政大臣になった

源氏は太政大臣になり、右大将（頭の中将）も内大臣に昇進。宮中では源氏の養女であった梅壺の女御と弘徽殿の女御（内大臣の娘）が中宮の地位をめぐって競った。梅壺が勝つと、内大臣は次女の雲居の雁に期待をかけ、東宮に入内させようと考えた。

雲居の雁と夕霧は幼なじみ

雲居の雁と夕霧は相思相愛の仲だった。夕霧は源氏と葵の上の間に生まれた源氏の長男。祖母の大宮によって育てられ、雲居の雁も大宮に預けられ、二人は小さいときから一緒に育った。内大臣は雲居の雁を東宮妃にしたいばかりに二人の仲を裂き、自宅に引き取った。

さ夜なかに友呼びわたる雁がねに
うたて吹きそふ荻の上風《うは》　夕霧

夕霧は雲居の雁に逢えない淋しさを歌に詠んだ。

源氏は豪壮な六条院を完成

源氏は秋好中宮《あきこのむちゅうぐう》（梅壺）が引き継いだ六条御息所の旧邸周辺の土地四町に新邸を造営した。西南の町には秋好中宮が住み、源氏と紫の上は東南の町に住んだ。東北の町は花散里、西北の町は明石の君が住む町にした。それぞれの町はそこに住む女性の好みに応じた四季の庭だった。

もとありける池・山をも、便《びん》なき所なるをばくづしかへて、水のおもむき、山のおきてを改めて、さま〴〵に、御方〳〵の御願ひの心ばへを、造ら給へり。

ヤマブキ（山吹）・バラ科の落葉低木。山地や渓流沿いなどに自生している。万葉集に一八首、古今集に六首、新古今集に七首詠まれている。花期四〜五月。
ヤマツツジ（山躑躅）・ツツジ科の半落葉低木。日本の原産で各地の山野に自生する。花色は赤・朱赤・紅紫色など濃いもの薄いものなどさまざま。白ヤマツツジもある。花期四〜五月。

六条院復元模型・春の町（宇治市源氏物語ミュージアム常設展示）
池に三島が浮かび、平橋、反橋がかけられている。

ヤマブキ（**山吹**）
細い枝が山のわずかな風にも揺れ動くことから「山振」、それが転訛してヤマブキとなった。ヤマブキの美しさはしなやかに垂れ下る枝、鮮やかな黄金色の花、緑の葉の対比にある。優雅で清く気品に富む花である。

ヤマツツジ（**山躑躅**）
ヤマブキとともに日本の山野を古代から彩ってきた。花の蜜を吸って遊んだこともある懐かしい花。紫の上が少女時代を過ごした北山にも沢山咲いていた。

紫の上は春の町に住む

紫の上は春を愛し、源氏とともに東南の春の町に住んだ。

みなみひんがしは、山高く、春の花の木、数《かず》をつくして植ゑ、池のさま、ゆほびかに、おもしろくすぐれて、御前ちかき前栽《ぜんざい》、五葉《えふ》・紅梅・櫻・藤・山吹・岩躑躅《いはつゝじ》などやうの春のもてあそびを、わざと植ゑて、秋の前栽をば、むら〳〵、ほのかにまぜたり。

ゴヨウマツ（五葉松）・コウバイ（紅梅）・サクラ（桜）・フジ（藤）・ヤマブキ（山吹）・ヤマツツジ（山躑躅）などが春の町を彩った。

秋好中宮は秋の町

梅壺の中宮は秋を好んだので秋好中宮といわれ、中宮の住む西南の町には秋の庭がつくられた。

中宮の御町をば、もとの山に、紅葉、色濃かるべき植木どもを植ゑ、泉の水とほく澄ましやり、水の音まさるべき岩をたてくはへ、瀧おとして、秋の野をはるかに作りたる、その頃にあひて、盛りに咲き亂《みだ》れたり。嵯峨の大井のわたりの野山、無徳《むとく》にけおされたる秋なり。

色の濃いモミジ（紅葉）などを植え、秋の野草が今を盛りと咲き乱れて、嵯峨の大堰川《おおいがわ》あたりの秋景色よりすばらしい庭であった。

秋好中宮は紅葉を紫の上に贈った

秋が来て、秋好中宮の庭に紅葉が色づいた。中宮は美しい女童に紫苑色の着物などを着せて、紅葉や秋の草花を紫の上に届けさせた。

心から春待つ園はわが宿の
　紅葉を風のつてにだに見よ　　中宮

風に散る紅葉はかるし春の色を
　岩根の松にかけてこそ見め　　紫の上

色鮮やかな紅葉
『源氏物語』では夕陽に輝く紅葉など、花の美しさが夕映えのなかで描写される。紅葉を色鮮やかに撮るためには夕暮や早朝のやわらかな光のなかで撮らなければならない。日中の強い光のなかでは色は鮮やかに撮れても色に表情が出ない。紫式部の観察眼に驚嘆する。

六条院復元模型・秋の町
(宇治市源氏物語ミュージアム常設展示)
正面が寝殿で、西に西対、東に東対、北に北対がある。

紅葉の絨毯
モミジは落葉も美しい。舞い落ちる姿、一葉、二葉落ちている姿、絨毯《じゅうたん》のように一面に敷き詰められている姿、どれもすばらしい。特に苔の上に落葉した紅葉が絶品である。苔はくすんだ黄緑色、鮮やかな紅葉を引立てる。

花散里は夏の庭に住む

謙虚で心の優しい花散里は東北の夏の庭に住んだ。

北のひんがしは、涼しげなる泉ありて、夏の蔭《かげ》によれり。前近きに前栽、呉竹《くれたけ》、下風涼しかるべく、木高《こだか》き森のやうなる木ども、木深《こぶか》くおもしろく、山里めきて、卯の花咲くべき垣根、ことさらにし渡して、昔思《おぼ》ゆる花橘・撫子・薔薇《さうび》・くたになどやうの花、くさぐ〳〵を植ゑて、春秋の木草、その中にうちまぜたり。……水のほとりに、菖蒲植ゑ繁らせて…。

ハチク（淡竹）・ウノハナ（卯の花）・ハナタチバナ（花橘）・ナデシコ（撫子）・バラ（薔薇）・ボタン（牡丹）・ショウブ（菖蒲）などが植えられ、五月の競馬などで遊ぶ馬場があった。

ウノハナ（卯の花）・ユキノシタ科の落葉低木。樹高二m前後、山野に自生している。幹や枝の髄が中空であるからウツギ（空木）ともいわれる。卯月（旧暦四月）に咲くからとの説もある。万葉集に二四首、古今集に二首、新古今集に五首詠まれている。花期五月。
ボタン（牡丹）・ボタン科の落葉低木。中国では百花の王とされ、花といえば牡丹であった。日本には平安時代に渡来し、枕草子に「ぼうたん」、新古今集に「ふかみ草」として一首詠まれている。花期四月下旬～五月初め。

ウノハナ（卯の花）
『古今和歌集』では春の花は梅に始まりヤマブキで終わる。夏の花は藤から始まり橘、卯の花、蓮となる。ウノハナは清楚でういういしい。ホトトギスとともに初夏の到来を告げ、五月の季節感あふれる花である。

朝倉彫塑館・五典の庭（台東区谷中）
台東区に区立朝倉彫塑館がある。巨石と湧水の庭に清楚なウノハナが似合う。ウノハナは枝先に20～30の白色５弁花が密集して咲く。その清らかさが湧水と巨石によって引き立つ。

ボタン（牡丹）
玄宗皇帝は楊貴妃を愛し牡丹を好んだ。豊麗な色香を漂わす魔性の花。江戸時代に普及し、平安時代には『枕草子』『源氏物語』に名前がある程度で、特に美しい花として賞美する対象にはなっていない。

六条院復元模型（宇治市源氏物語ミュージアム常設展示）

左が秋好中宮が住む秋の町、右が紫の上が住む春の町、その後方が花散里が住む夏の町、左が明石の君が住む冬の町。

秋の町と春の町は池でつながり、春になったとき、紫の上は舟を使って春の花々を秋好中宮に届けた。

白水阿弥陀堂・浄土庭園（福島県いわき市）

寝殿造の庭を模した浄土庭園が王朝文化を今に伝える。白水阿弥陀堂に復元された浄土庭園は貴重である。模型ではわからない寝殿造りの庭の美しさを肌で感じ取ることができる。

明石の君は冬の庭に住む

大堰川のほとりで淋しく暮らしていた明石の君は六条院では西北の冬の町に住んだ。

にしの町は、北おもて築《つ》きわけて、御蔵町《みくらまち》なり。隔ての垣に、唐《から》竹植ゑて、松の木しげく、雪をもてあそばん便《たより》によせたり。冬のはじめ朝霜結ぶべき菊の籬《まがき》、我《われ》は顔《がほ》なる柞原《はゝそばら》、をさ〳〵名も知らぬ深《み》山木どもの木深《こぶか》きなどを、移し植ゑたり。

マツ（松）・キク（菊）・コナラ（小楢）など、雪や霜との取り合せや冬景色にあう木々が植えられた。

> ハハソ（柞）・ハハソは古来はコナラを指したが、一般的にはナラやクヌギ類の総称。万葉集に三首、古今集に三首、新古今集に四首詠まれている。

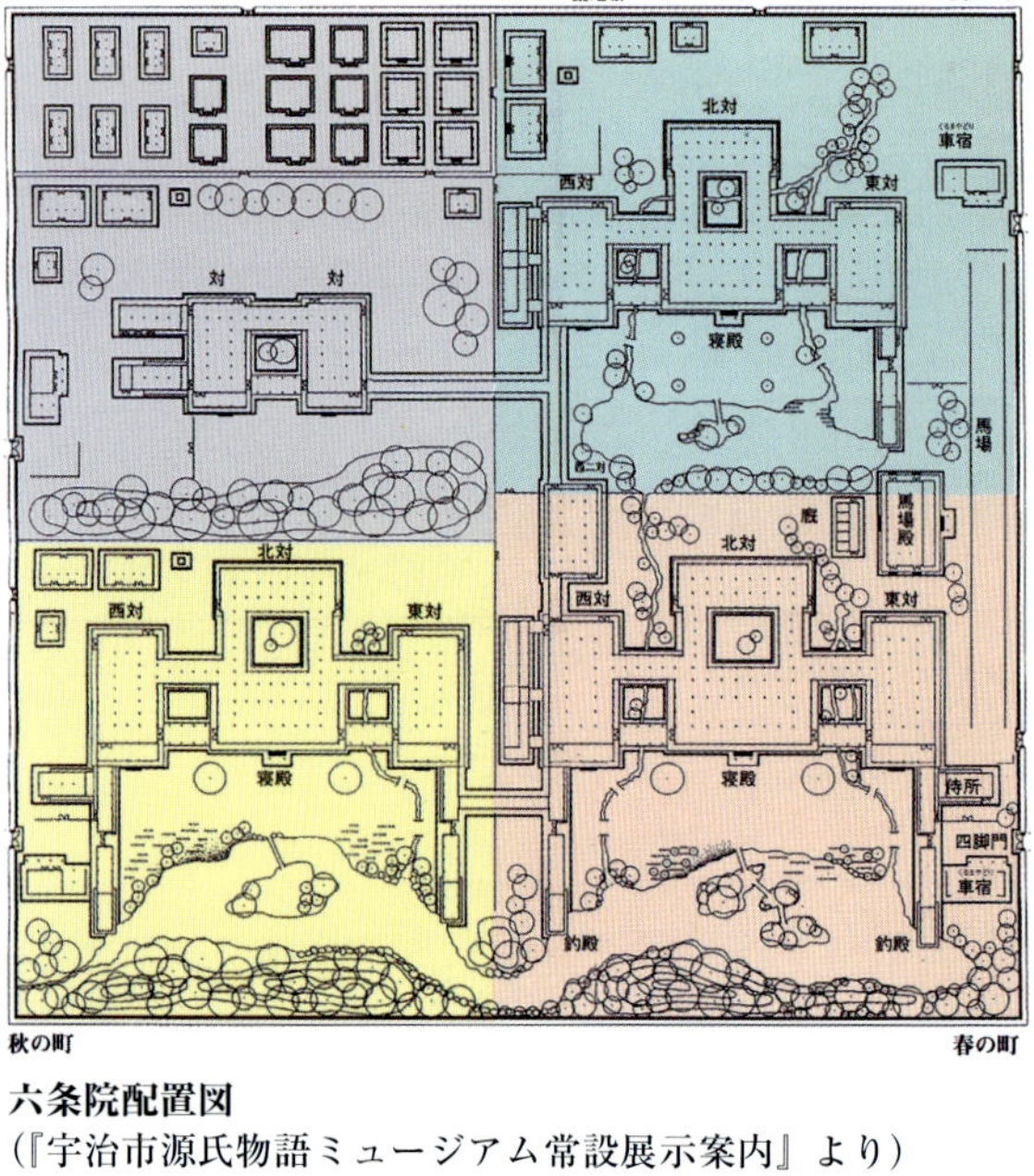

六条院配置図
（『宇治市源氏物語ミュージアム常設展示案内』より）

雪を被った松

雪の積もった松の風情はいい。近づいて見るとさらに感動する。針のようにぴんと伸びた松葉に真っ白な雪、絶妙な造形美である。

明石の君の住む冬の町には松が多く植えられていた。その松は忍従の生活を強いられた明石の君の春を待つ（松）姿を象徴していた。

コナラの黄葉

ハハソの黄葉はカエデやニシキギなどの紅葉と異なり、地味である。紫式部は桜の花を愛したが、コナラの黄葉にも目を向けた。その後は忘れ去られ、近代になって雑木林の美を発見したのは国木田独歩である。『武蔵野』には晩秋から冬にかけての武蔵野の雑木林の美しさがみごとに表現されている。

二二・玉 鬘

たまかづら

夕顔の忘れ形見玉鬘

源氏は夕顔のことが忘れられない。夕顔には忘れ形見があった。夕顔が亡くなったとき姫君は三歳。乳母の夫が太宰の少弐になって赴任し、いっしょに筑紫に下った。少弐はやがて病死し、一家が上京できぬまま姫は美しく成長した。求婚者が次々と現れ、特に大夫《たいふ》の監《げん》という豪族は強引だった。危険を感じた乳母は九州を脱出する。この巻から「玉鬘十帖」が始まる。

奈良の長谷寺参詣で夕顔の侍女に逢う

一家は京にたどり着いたが、頼る人もなく、神頼みをするしかなかった。奈良の長谷寺に参詣した折、偶然に夕顔のもとの侍女に出会った。侍女は今は源氏に仕え、姫を探していた。

源氏が自分の娘として六条院に迎える

侍女から話を聞いた源氏はさっそく姫を自分の娘のようにして六条院に迎えた。源氏は運命の因縁に感激した。

戀ひわたる身はそれなれど玉鬘《かづら》
　いかなる筋をたづねきつらん　　源氏

玉鬘《たまかづら》とは美しいかもじのことであるが、美しいつる性植物の玉葛《たまかずら》の意味をかけている。

空蝉にクチナシ色の着物を与えた

源氏は年の暮れに六条院や二条院に住む女性たちに正月の晴着を贈った。玉鬘には真紅の上着に山吹襲《やまぶきがさね》の鮮やかな黄色の細長を添え、空蝉の尼君には青鈍色《あおにびいろ》の織物のほかに梔子《くちなし》色のお召物を与えた。

サネカズラ（真葛・実葛）・常緑のつる性植物。皮をはぐと粘液が出る。これを整髪料として使ったのでビナンカズラ（美男葛）ともいう。万葉集にはサナカズラとして九首詠まれている。花期八～九月。果期一〇～一二月。

クチナシの実

秋に実を結ぶが、熟しても口を開かないのでクチナシといわれる。古今集に２首詠まれている。実が染料として使われたが、クチナシ色は果実の橙赤色ではなく、ヤマブキ色に似た少し赤みのある濃い黄色である。

センダンの花

『源氏物語』「螢」に襲《かさね》の色目として楝《おうち》（センダン）が出てくる。センダンは５～６月に淡紫色の花をつける。楝色は明るい青紫色。

サネカズラの実

濃緑色の葉陰から伸びた花茎に真っ赤な実がなる。『万葉集』に作者未詳の歌がある。

あしひきの山さな葛もみつまで
　　妹にもあはずやわが恋ひをらむ

サネカズラの実が赤く熟するまで私は妻に逢わずに恋うているのだろうか。この歌と同じように源氏は玉鬘に恋情を抱くが、養女と養父の関係で悩む。

二三・初音

はつね

源氏は年賀に六条院の女君たちを訪れる

新春、源氏は六条院に住む女性たちのところに年賀に行く。まず明石の姫君を訪ねた。母親の明石の君から贈り物と歌が届いていた。

年月をまつにひかれてふる人に
今日《けふ》うぐひすの初音きかせよ　　明石の君

明石の姫君は紫の上に育てられていて、母親の明石の君は自分の子に逢うことができない。その思いが歌にこめられている。

玉鬘は山吹襲を着て一段と美しかった

東北の町には、東の対に花散里が住み、西の対に玉鬘が住んでいた。玉鬘は暮れに源氏から贈られた山吹《やまぶき》襲《がさね》を着ていた。

山吹にもてはやし給へる御かたちなど、いと花やかに、「こゝぞ曇れる」と見ゆる所なく、隈《くま》なく匂ひきら〳〵しく、見まほしきさまぞし給へる。

二条院に住む末摘花や空蟬も訪ねた

数日後、源氏は末摘花と空蟬が住む二条院を訪ねた。紅梅が咲いていた。誰も観賞する人のいない梅を眺めて歌を詠む。

古《ふる》里の春のこずゑに尋《たづ》ねきて
世の常ならぬ花を見るかな　　源氏

訪ねて来て珍しい花（鼻）を見たことだ、末摘花には源氏の詠んだ歌の意味はわからない。源氏は末摘花の鼻の赤いのと紅梅をからめてしゃれたのである。

マツ（松）・マツ科の常緑高木。一般にはアカマツやクロマツをさすが、ハイマツ・五葉など世界で一〇種ほどある。万葉集に七九首、古今集に二五首、新古今集に八九首詠まれている。

コウバイ（紅梅）

雪の降る日の紅梅は美しい。一面の銀世界のなかで、枝に積もった雪の下から紅を見せ、あでやかに、そして凛として咲いている。『古今和歌集』に凡河内躬恒の次の歌がある。

春の夜の　闇はあやなし　梅の花　色こそ見えね　香やはかくるる

マツ（松）

マツは常緑で樹齢が長く、神の降臨を待つ木、神を祀る木として、古くから長寿・慶賀・節操などを象徴してきた。「初音」には「小松」「五葉」が出てくる。小松は小さい松、若い松で、将来を期待されている子どもを象徴している。

二四. 胡蝶

こてふ

花園の胡蝶《こてふ》をさへや下草に
　秋まつ蟲《むし》はうとく見るらむ　　紫の上

こてふにも誘はれなまし心ありて
　八重山吹をへだてざりせば　　中宮

紫の上が「秋を好むあなたは春の蝶や花はうとましいですか」と詠めば、中宮は「蝶にさそわれてそちらに飛んでゆきたいが、山吹が山のように隔ているのでゆけない」と返した。

源氏は玉鬘に恋情を深めてゆく

玉鬘に恋文を寄せる求婚者が多くなった。源氏も玉鬘に恋情を深めてゆき、竹の枝が風にさやさや鳴るある宵、ついに思いを打ち明け、添い寝した。玉鬘はただ困惑するばかりであった。

銀の花瓶に桜、金の花瓶に山吹をさして

春たけなわである。秋好中宮の季の御読経の初日に紫の上は供物の花を届ける。その趣向がこっている。鳥の衣裳をさせた女童には銀の花瓶に桜の枝をさし、蝶になった女童には金の花瓶に山吹をさして届けさせたのである。

池の水に影を映したる山吹、岸よりこぼれて、いみじき盛りなり。……

鳥・蝶に装束《さうぞ》きわけたる童《わらは》べ八人、かたちなど殊《こと》に調《と・の》へさせ給ひて、鳥には、銀の花瓶《はながめ》に桜をさし、蝶は、金の瓶に山吹を。

女童を船に乗せて

女童を乗せた船は紫の上の御殿の築山の側から漕ぎ出し、中宮の庭にさしかかったころ、春風が吹いて瓶の桜が少しはらはらと舞い散った。

鳥の装束をした女童（宇治市源氏物語ミュージアム常設展示）

手前の赤の装束をした女童が背中に鳥の羽をつけ、冠に桜の花をさして迦陵頻《かりょうびん》の舞いを舞っている。後方の萌黄の装束をした二人は蝶の羽をつけ、冠に山吹の花をさし、手には山吹の花を持って、胡蝶の舞の出番を待っている。実際の物語では女童は四人ずつである。

ヤエヤマブキ（**八重山吹**）

秋に秋好中宮から贈られた紅葉と秋の草花のお返しに紫の上が選んだ春の花はヤマブキとサクラであった。『源氏物語』には数限りなく登場する花はウメ・サクラ・ナデシコ、そしてヤマブキである。ヤマブキは一重も八重もあるが、八重山吹が好まれた。

ヤマザクラ（**山桜**）

王朝人が愛したヤマザクラの花色はほのかなピンク、これが桜色である。桜色は紅染めのなかで最も淡い色で、女性だけでなく男性も狩衣などに着て愛好された色である。臙脂《えんじ》色の若葉とともに紫の上を象徴する花であった。

二五・螢　ほたる

蛍の光に映し出される玉鬘の横顔

五月のある夜、玉鬘に思いを寄せる螢の宮が訪れた。源氏は蛍を放ち、蛍の光に映し出された玉鬘の横顔を見せた。螢の宮はその美しさに心を奪われた。

ほのかなる光、艶《えむ》なる、事のつまにもしつべく見ゆ。

源氏の思惑通りに魅了された螢の宮は玉鬘に歌を贈る。

鳴く聲《こゑ》も聞えぬ蟲のおもひだに
　人の消《け》つには消《き》えるものかは

花散里が住む夏の町には馬場がある。五月五日の端午の節句に、馬場で騎射が行なわれた。それを見学する女童の服装が美しい。

菖蒲襲《さうぶがさね》の衵《あこめ》、二藍《ふたあゐ》の羅《うすもの》の汗衫《かざみ》着たる童《わらは》べぞ、西の對《たい》なめる。好ましく馴れたるかぎり四人、下仕《しもづか》へは、棟《あふち》の裾濃《すそご》の裳《も》、撫子の若葉の色したる唐衣《からぎぬ》、今日の装ひどもなり。こなたのは、濃き單衣襲《ひとへがさね》に、撫子《なでしこ》襲《がさね》の汗衫《かざみ》など、おほどかにて、おの〱、挑み顔なるもてなし、見どころあり。

源氏の物語論が展開される

この巻では源氏が玉鬘や紫の上を相手に物語論を展開する。紫式部の考え方であったろう。興味深い。

ショウブ（菖蒲）・サトイモ科の多年草。五月五日の端午の節句に邪気払いと疫病除けの菖蒲湯に使われる。アヤメ科のショウブとは異なる。アヤメグサとして万葉集に一二首、古今集に一首、新古今集に一一首詠まれている。

ヨルガオ（夜顔）

ヒルガオ科の蔓性多年草。日没後に咲き翌朝しぼむ。熱帯アメリカ原産で明治時代に渡来。したがって『源氏物語』には登場しないが、灯りに照らされた花姿が蛍の光に浮かび上がった玉鬘の姿を彷彿させる。花径15㎝ほど。花期８～９月。

ショウブ（菖蒲）

玉鬘の美しさに魅せられた螢の宮はショウブの根に歌を結びつけて贈った。

今日さへや引く人もなきみがくれに　生《お》ふる菖蒲《あやめ》のねのみなかれむ

ショウブは端午の節句にもてはやされるが、あとは美しい花が咲かないので問題にされない。私は５月５日の今日も相手にされないのですか、と訴えたものである。

二六．常夏　とこなつ

夏の町には唐や大和の撫子が咲いていた

夏の暑い日の夕方、源氏は夏の町の西の対に住む玉鬘のもとに出かけた。庭に唐や大和のナデシコが植えられていて美しい。

おまへに、亂《みだ》れがはしき前栽《せむざい》なども、うゑさせ給はず、撫子《なでしこ》の、色とゝのへたる唐《から》や大和の、笆《ませ》、いとなつかしく結《ゆ》ひなして、咲きみだれたる夕映《ゆふばえ》、いみじく見ゆ。みな、たち寄りて、心のまゝに折り取らぬを、あかず思ひつゝ、休らふ。

源氏は玉鬘に和琴を教える

源氏は和琴《わごん》を弾いてみせ、和琴のすばらしさを玉鬘に語って教えた。

秋の夜、月影すゞしきほど、いと奥深くはあらで、虫の声にかき鳴らし合はせたる程、けぢかく今めかしき、物の音なり。

玉鬘は実父と養父との不和を知る

玉鬘は実父の内大臣が和琴の名手であることなどを源氏から聞いたが、その話しぶりから実父と養父の不和を知り悲しんだ。と同時に早く実父に会いたい、と心のなかで思う。

源氏は玉鬘の処遇に悩む

源氏は玉鬘への恋情がつのった。いっそのこと螢の宮か髭黒の大将と結婚させようかとも思ったが、自分の恋情もつのる一方で決心がつかない。

セキチク（石竹）・ナデシコ科の多年草。中国原産。セキチクの渡来で平安時代にはそれまでのナデシコをヤマトナデシコ（大和撫子）、セキチクをカラナデシコ（唐撫子）と呼んだ。セキチク（石竹）は岩間に竹のような葉をつけて咲くことからつけられた。花期五～六月。

トコナツ（常夏）

常夏はナデシコの別名。ナデシコは撫で慈しむからつけられた花の名。源氏は玉鬘がナデシコのように可愛くてならない。

清少納言は『枕草子』「草の花は」でナデシコを筆頭にあげ、「草の花は、なでしこ、唐のはさらなり、大和のもいとめでたし」と書いた。

セキチク（石竹）

セキチクは園芸店ではナデシコとして販売され、園芸品種も多い。江戸時代の園芸品種にも四季咲きのトコナツがある。

二七．篝火

かがりび

篝火に照らされる玉鬘の姿

秋になり、源氏はしばしば玉鬘を訪ねるようになった。琴を枕にして玉鬘と添い臥して、庭の篝火を眺めた。遣水のほとりにはマユミの木が植えられ、篝火に浮き上がる玉鬘の姿はひときわ美しい。

いと涼しげる遣水《やりみず》のほとりに、気色《けしき》殊《こと》に、ひろごり臥したる檀《まゆみ》の木の下に、打松、おどろ／＼しからぬ程に置きて、さししりぞきて、ともしたれば、御前のかたは、いと涼しく、をかしき程なる光に、女の御有様、見るにかひあり。

篝火は燃え続ける

源氏は供の者に命じて、火が消えないように絶えず薪をくべさせる。

篝火にたちそふ戀《こひ》の煙《けぶり》こそ
世には絶えせぬほのほなりけれ　源氏

立ち上がる恋の煙はこの世にいつまでも絶えることのない私の恋の炎だ、と源氏は玉鬘に思いを告げる。それに対し煙は空に消えるのだから、果てしない大空にどうか消してください、と返した。

ゆくへなき空に消《け》ちてよ篝火の
たよりにたぐふ煙とならば　玉鬘

柏木は恋情を抱きながら琴を弾く

内大臣の長男柏木と弟の弁の少将が訪ねて来た。源氏は柏木に琴を弾かせた。玉鬘は実の兄弟の琴の音を感慨深く聞くが、妹とは知らない柏木は緊張気味である。

マユミ(檀)・ニシキギ科の落葉小高木。樹高二～五m。山野に自生し、材質が緻密で弾力があるので弓の材料に使った。万葉集に一二首、古今集に二首詠まれている。果期一〇～一一月。

マユミ（檀）

葉が美しく紅葉し、果実が割れて赤い種子を出す。その姿が愛らしく、自然に三好達治の詩「みちゆく人は」が思い出される。

みちゆく人はわくらばに
見てこそすぎめひとともとの
吊花まゆみわが眼には
おもかげぞたつ葉がくれに

遣水

「篝火」では遣水のほとりにマユミが植えられていたが、岩手県毛越寺ではカエデが真っ赤に燃え上がる。水を抜いた遣水からその構造がよくわかる。

二八・野分《のわき》

中秋八月、秋好中宮の御殿の庭は例年になく美しい

「野分」の冒頭で、秋好中宮の庭の美しさが次のように描写される。現代人にとってもわかりやすい表現になっているので、原文で味わってみよう。

中宮の御前《まへ》に、秋の花を植ゑさせ給へること、常の年よりも、見どころ多く、色くさをつくして、よしある黒木《くろき》・赤木《あかぎ》の笆《ませ》をゆひまぜつゝ、同じき花の、枝ざし・姿・朝夕、露の光も、世のつねならず、玉かと輝きて、つくり渡せる野べの色を見るに、はた、春の山も忘られて、涼しう、おもしろく、心もあくがるゝやうなり。春秋の争ひに、昔より、秋に心よする人は、数《かず》まさりけるを、名だたる春の御前の花園に心よせし人々、又、ひきかへし、うつろふけしき、世の有様に似たり。これを御覧じつきて、里居《さとゐ》し給ふ程、御遊びなども、あらまほしけれど、八月《はづき》は、故前坊《こぜんばう》の御忌《き》月なれば、心もとなくおぼしつゝ、明け暮るゝに、この花の色まさるけしきどもを、御覧ずるに、野分、例の年よりもおどろ〱しく、空の色變《かは》りて、吹きいづ。花どものしをるゝを、いと、さしも思ひ染《し》まぬ人だに、「あな、わりな」と、思ひ騒がるゝを、まして、草むらの露の玉の緒、亂《みだ》るゝまゝに、御心惑ひもしぬべく、おぼしたり。

紫の上の御殿でも萩などが大きな被害を受けた

南のおとゞにも、前栽《せむざい》つくろはせ給ひける折にしも、かく、吹き出でて、もとあらの小萩、はしたなく待ちえたる、風のけしきなり。折れかへり、露もとまるまじく、吹き散らすを、すこし端《はし》ちかく、見給ふ。

ハギ（萩）・マメ科の落葉低木。日本の各地の山野に自生し秋の七草の筆頭にあげられている。毎年、古い株から芽を出すので、ハエキ（生芽）からハギの名が生まれたといわれる。万葉集にいちばん多く取り上げられている花で一四一首、古今集に一六首、新古今集に二〇首詠まれている。花期八月下旬～九月。

カバザクラ（樺桜）

夕霧は紫の上を「樺櫻の咲き乱れたるを見る心地する」と表現した。カバザクラ（樺桜）は「幻」で「一重散りて、八重咲く花櫻、さかり過ぎて、樺櫻は開け」とあり、今日のサトザクラ（里桜）の一種と思われる。角館の樺細工などから考え合わせ、幹の美しい桜に違いない。写真は二月に咲く河津桜であるが、花のイメージは河津桜がぴったりのような気がする。

ミヤギノハギ（宮城野萩）

花は蝶形、紅紫色の濃いところと薄いところがあり、色も姿も優しく、特に枝がゆるやかな曲線を描いて咲き乱れるさまが日本人の感性に合う。草冠に秋の字をあてて「萩」と表現したのも萩に寄せる日本人の思いが込められている。

秋萩の花咲きにけり高砂の　をのへの鹿は今や鳴くらむ
古今和歌集　藤原敏行

夕霧は初めて紫の上の姿を見る

野分が吹きまくった夕方、源氏の長男夕霧が見舞いに六条院を訪れた。この時、義母の紫の上の姿を初めて垣間見る。まるで春の曙の霞の間から華やかな樺桜が繚乱と咲いているのを見るような心地であった。

御屏風も、風のいたく吹きければ、おしたゝみ寄せたるに、見通しあらはなる、廂《ひさし》の御座《おまし》にゐ給へる人、ものに紛るべくもあらず、気高く、清らに、さと匂ふ心地して、春の曙の霞の間より、おもしろき樺櫻の咲きみだれたるを、見る心地す。あぢきなく、見たてまつるわが顔にも、うつりくるやうに、愛敬は匂ひちりて、またなく珍しき、人の御さまなり。

その夜、夕霧は紫の上の面影が忘れられず心が乱れた。それ故に源氏は夕霧に紫の上を見せないようにさせていたのである。

中宮の庭には紫苑の花が咲いていた

翌朝、夕霧は再び六条院を訪れる。中宮の御殿には紫苑《しおん》が咲き、女童たちはシオンやナデシコの衵《あこめ》を着て、その上にオミナエシの汗衫《かざみ》などをつけていた。

紫苑《しをん》・撫子、濃き薄き衵《あこめ》どもに、女郎花《をみなへし》の汗衫《かざみ》などやうの、時にあひたるさまにて、四五人つれて、こゝかしこの草むらに寄りて、色々の籠《こ》どもを持てさまよひ、撫子などの、いとあはれげに吹き散らさるゝ枝ども、取り持てまゐる、霧のまよひは、いと、艶にぞ見えける。「吹きくる追風は、紫苑《しをに》ことぐに匂ふそらも、香《かう》の薫《かを》りも、ふればひ給へる御けはひにや」と、いと、思ひやりめでたく、心化粧せられて、たちいでにくけれど、忍びやかに、うち音《おと》なひて、あゆみ出で給へるに、人々、けざやかに驚き顔にはあらねど、みな、すべり入りぬ。

シオン（紫苑）・キク科の多年草。古名を「しおに」といい、平安時代の初めまでに渡来。古今集の物名歌に一首詠まれている。草丈一～二m。茎の上方で枝が別れ、先端に多数の花をつける。花期九～一〇月。

オミナエシ（女郎花）・オミナエシ科の多年草。秋の七草の一つ。万葉集に一四首、古今集に二〇首、新古今集に六首詠まれている。

シオン（紫苑）

薄紫色の花を高い茎の先端につけるシオンはどこか淋しげな風情の花である。紫苑色は紫の明るい色で、紫を理想としていた王朝人は紫苑色の衣服をたいへん好んだ。「源氏物語」では「紫苑」を襲の色目の場合には「しをん」、植物名の場合には「しをに」と読ませている。

「紫のゆかりの物語」ともいわれる『源氏物語』の基本の色は紫。紫は藤ばかりでなく、シオンもフジバカマも紫である。野分のときも折れることなく、すらりと立ち、花を咲かせ匂っていたシオンの花は、秋好中宮を象徴していた。

オミナエシ（女郎花）

ほっそりと伸びた茎は少しの風にも揺らぐ。いかにもオミナ（女）のように優しくしなやか。群生するオミナエシの上を風が渡ってゆく風情が秋の到来を感じさせる。

オミナエシは野にあって男心を惑わせる花ともいわれる。玉鬘は次頁でヤエヤマブキの花にたとえられるが、同じく次頁下段の源氏と歌を交換する場面では淫らなイメージのオミナエシの花になる。

玉鬘は夕映えに輝く八重山吹のようであった

源氏も六条院の女君を見舞う。父源氏のお供をする夕霧は源氏と玉鬘が睦まじく戯れる姿を垣間見て驚くが、玉鬘の美しさは夕映えに輝く八重山吹のようだと思った。

八重山吹の咲きみだれたる盛りに、露のかゝれる夕映ぞ、ふと、思ひ出でらるゝ。折に合はぬよそへどもなれど、なほ、うちおぼゆるやうよ。花は、限りこそあれ、そゝけたる蕊《しべ》なども、まじるかし。人の御かたちのよきは、たとへむかたなきものなりけり。

頬はホオズキのようにふっくらと

髪のふりかかった間からのぞく頬はホオズキのようにふっくらとしていた。

ほほづきなどいふめるやうに、ふくらかにて、髪のかゝれるひまぐ、美しうおぼゆ。

平安時代の美人の条件は髪が黒くて長いこと、頬がふっくらとしていることであった。

源氏と玉鬘はオミナエシの歌を交換しあう

玉鬘は源氏に甘えて、「私もオミナエシのように吹き乱れる風にしおれてしまいますわ」と歌を詠む。

吹きみだる風のけしきに女郎花
　しをれしぬべき心地こそすれ　玉鬘

下露になびかましかば女郎花
　あらき風にはしをれざらまし　源氏

源氏は「あなたもこっそり私に靡いていたら、荒い風にしおれないのに」「なよ竹を見給へかし」などという。夕霧は源氏と玉鬘の親しさに不審を抱くばかりであった。渡辺淳一は『源氏に愛された女たち』（集英社）で、玉鬘の母親の夕顔を「簡単に男を受け入れる女の魅力」といい、玉鬘を「好色な養父に迫られて困惑する」というタイトルをつけている。実の姉と思っている夕霧には姉と父との関係がわからない。

ホオズキ（鬼灯）・ナス科の多年草。東アジア原産、日本では一年草になる。昔は薬用として栽培されていたが、現在は観賞用に育てられる。

ヤエヤマブキ（八重山吹）

吉田兼好は『徒然草』「折節の移かはるこそ」で「山吹の清げに、藤のおぼつかなきさましたる、すべて思ひ捨てがたきことおほし」と言った。明るく優雅で気品に富む花である。

ホオズキの花

5裂した盃状の黄白色の花。花のあと萼が大きくなって球形の果実を包む。

ホオズキの実

葉のつけ根から赤い提灯のような、風船のような実がぶらさがる。愛らしく郷愁を呼ぶ。

明石の君の庭ではリンドウなどが犠牲になった

明石の君の庭ではリンドウや朝顔がばらばらになって倒れた。

とりわき植ゑ給ふ龍膽《りんだう》・朝顔の這ひまじれる笆《むら》も、みな、散るり亂れたるを、とかくひき出で、たづぬるなるべし。

源氏は見舞いには行ったが、すぐに帰ってしまったので、明石の君はつぶやいた。

おほかたに荻の葉過ぐる風の音も
憂き身ひとつにしむ心地して

明石の君は我慢するしかない

明石の君は受領の娘、六条院に住む四人の女性のなかで一番身分が低いが、源氏の子を産んだ。紫の上は源氏に寵愛されながらも子供がいない。明石の姫君を引き取り養育している。姫君の二人の母親の立場は微妙であった。互いに敵対心を持ちながら、それを顔に出すことはできずに生活している。

明石の姫君は藤の花のようだった

夕霧は最後に明石の姫君を見た。夕霧の印象は、紫の上を桜、玉鬘を山吹、姫君は高い木から垂れ下り、風に靡いている藤の花のような美しさであった。

かの、見つるさき〴〵のを、櫻・山吹といはば、これは、藤の花とやいふべからむ。木高き木より咲きかゝりて、風に靡きたる匂ひは、かくぞあるかし。

姫君の印象は源氏の憧れの女性であった藤壺と同じ藤の花である。明石の姫君も藤壺と同じようにのちに中宮となり、帝の生母にまで栄達する。やはり藤の花は高貴な女性を象徴する花だった。

リンドウ（竜胆）・リンドウ科の多年草。山野や高原に自生し、晴天のときに花を開く。古今集に二首詠まれている。わが国にエゾリンドウやオヤマリンドウなどがある。花期九～一〇月。

フジ（**藤**）

藤色は青紫系のなかでいちばん薄い色。垂れ柳やヤマブキ、ハギと同じように枝垂れて少しの風にも揺れる。色といい花姿といい王朝人の感性にぴったりの花である。清少納言は『枕草子』「木の花は」で、「藤の花は、しなひながく、色こく咲きたる、いとめでたし」と書いた。

リンドウ（**竜胆**）

青紫色のリンドウ色はキキョウよりやや薄くくすんだ色。清少納言は『枕草子』「草の花は」で「龍膽は、枝ざしなどもむつかしけれど、こと花どものみな霜枯れたるに、いとはなやかなる色あひにさし出でたる、いとをかし」と述べている。

二九. 行幸 みゆき

愛読者の関心を呼んだ玉鬘十帖

『源氏物語』二二帖「玉鬘」から三一帖「真木柱」までは「玉鬘十帖」といわれる。玉鬘はいつ実父に会えるのか、また源氏のものになってしまうのか、他の男性と結婚するのか、玉鬘の行末は読者の胸をどきどきわくわくさせた。紫式部は読者の心理を察してじらす。作者のテクニックであろうが、この帖ではどうなるのか。

行幸で帝の美しさに感動

冷泉帝の大原行幸の行列を見ようと多くの人が見物した。玉鬘も見物し、冷泉帝の美しさに感動する。源氏とそっくりであった。そして玉鬘は実父である内大臣も初めて見た。

玉鬘は源氏の勧めに従い、尚侍《ないしのかみ》として出仕しようかとも思うようになった。尚侍は天皇に近侍する役目で、天皇の寵愛を受ける者も多かったからである。

玉鬘と内大臣との劇的な親子の対面

源氏は玉鬘を出仕させる前に女子の成人式である裳着の儀式を行ないたいと考えた。腰のひもを結ぶ役の腰結の役を内大臣に依頼した。いったんは断られたが、源氏は真実を語り、内大臣と玉鬘の劇的な親子の対面が実現した。

また読者の興味関心が広がる

親子の対面が実現したが、その後はどうなるのか。玉鬘は本当に出仕するのか、源氏の手に落ちるのか、読者は興味しんしんである。早く次の帖を読みたくなる。紫式部も物語の展開をどうしようかとじっくり考える。そしてじらした。

この帖に花は登場しない

この帖には植物の花の描写はなく、人間が花のように描かれる。若くきりりとした帝の姿は廬山寺に咲くキキョウの花のようではなかったか。

廬山寺（京都市上京区寺町）

廬山寺は紫式部の邸宅跡。曽祖父藤原兼輔の邸宅で、紫式部は祖父や父とここで育った。京都御所に隣接した一等地である。二帖「帚木」で源氏が方違をして、中川あたりで紫式部をモデルにした空蟬に会う。中川あたりは廬山寺付近のこと。紫式部が住んだ頃は古びた旧邸であったらしい。

源氏の庭（廬山寺）

廬山寺に昭和40年、「源氏の庭」が造られた。白砂と石。石のまわりに苔が生え、キキョウが植えられている。雅な庭である。１本１本のキキョウが源氏を取り巻く貴公子に見える。キキョウの美しさはすらりと伸びた細い茎と青紫色の端正な花姿にある。きりりとした清らかさが白砂によって強調される。気品に満ちた花である。

三〇・藤袴

ふぢばかま

出仕すれば弘徽殿や秋好中宮と対立する

玉鬘は悩んだ。冷泉帝の尚侍として出仕することを誰もが勧めるが、出仕すれば姉である弘徽殿や秋好中宮とも対立する。出仕しなければ実の親子ではないことが公表された今、源氏の求愛も以前よりおおっぴらになるであろう。母のいない玉鬘は誰にも相談する相手がいない。

源氏の使いとして夕霧が訪ねてくる

玉鬘が一人で悩んでいるとき、夕霧が源氏の使いとして帝の勅旨を伝えにきた。玉鬘が実姉でないことがわかった今、夕霧はフジバカマの花に託して自分の思いを打ち明けた。

蘭《らに》の花の、いとおもしろきを、持給《もたま》へりけるを、御簾《みす》の前よりさし入れて、

「これも、御覧ずべき故はありけり」

とて、とみにも許さで持給へれば、うつたへに、思ひもよらで取り給ふ御袖を、ひき動かしたり。

同じ野の露にやつるゝ藤袴《ふぢばかま》
　あはれはかけよかごとばかりも

お互いに同じ祖母の喪に服している身、同じ野に咲くフジバカマの縁ではないか、ほんの少しでもいいから私に言葉をかけてほしい。

出仕が決まり求婚者はあせる

玉鬘の出仕が十月と決まった。求婚者はそれまでになんとか玉鬘を自分のものにしようと焦った。なかでも髭黒《ひげくろ》の大将が熱心であった。玉鬘は次々とくる恋文のなかで、なぜか螢の宮だけに返歌を贈る。

フジバカマ（藤袴）・キク科の多年草。奈良時代に中国から渡来した。花色が藤の花に似て、総苞が袴を思わせるのでフジバカマの名がついた。万葉集に一首、古今集に四首、新古今集に一首詠まれている。花期八～一〇月。

ササ（笹）

玉鬘の出仕が決まると螢の宮は「せめても笹の下葉におく霜のような私を忘れないでほしい」と歌に詠んだ。

朝日さす光を見ても玉笹の
葉わけの霜をけたずもあらなん

フジバカマ（藤袴）

一つの花は五つの管状花からなり、それを総苞が包んでいる。二裂しためしべが長く伸びている。秋が深まるにつれ、花色は淡紅紫が濃くなってゆく。芳香があり、王朝人はその香りを衣裳に焚き染めた。

やどりせし人のかたみか藤袴
わすれがたき香ににほひつつ
古今集・紀貫之

主しらぬ香こそにほへれ秋の野に
たがぬぎかけし藤袴ぞも
古今集・素性

三一・眞木柱

まきばしら

題名「眞木柱」になっている。

玉鬘をわがものにしたのは髭黒の大将であった

事態は意外な方向に進んだ。玉鬘をわがものにしたのは髭黒《ひげくろ》の大将であった。玉鬘が嫌っていた男である。彼は玉鬘の女房を手なずけ、女房の手引きで玉鬘の操を奪ったのである。

黙っていられないのは髭黒の北の方。怒って玉鬘のもとに出かけようとする髭黒の大将に火取りの灰をあびせかけた。

北の方の父も立腹

北の方の父親の式部卿宮も立腹し、北の方や姫君たちを自宅に引き取った。父親に大事にされていた姫君は家を去るときに歌を詠む。

今はとて宿離《か》れぬとも馴れきつる
　眞木《まき》の柱はわれを忘るな

「これまで馴れ親しんできた眞木の柱よ、私を忘れないで」、姫君の悲しい願いである。これがこの帖の題名「眞木柱」になっている。

翌年正月に玉鬘は参内した

帝は玉鬘と髭黒の大将のことを知って不快であった。しかしすでに決められていたとおりに、玉鬘は参内した。気が気でないのは髭黒の大将。かれは風邪を理由にして強引に玉鬘を自宅に連れて帰った。

源氏は藤や山吹の花を見るにつけ

源氏は玉鬘を忘れることができない。六条院の庭にフジやヤマブキの花が咲くにつけ玉鬘を思い出した。

三月《やよひ》になりて、六条殿の御前の藤・山吹のおもしろき夕ばえを、見給ふにつけても、まづ、みるかひありて居給へりし御さまのみ、思《おぼ》し出でらるれば、春の御前をうちすてて、こなたにわたりて、御覧ず。呉竹の笆《ませ》に、わざとなう咲きか丶りたる匂ひ、いと、おもしろし。

藤の花

3月、六条院の庭にフジやヤマブキが咲いた。源氏は玉鬘が住んでいた夏の町の御殿に出かけて、彼女を偲んだ。玉鬘もうとましかった源氏が今となっては懐かしくてならない。

山吹の花

夏の御殿の西の対には呉竹の垣根にヤマブキがもたれるように咲いていた。

思はずに井《ゐ》出《で》の中道へだつとも
いはでぞ戀ふる山吹の花　　源氏

三二 梅枝《むめがえ》

明石の姫君が入内する日が近づいてきた

明石の君は十一歳になった。東宮が元服するので、明石の姫君が入内する日も近づいてきた。源氏は入内をひかえ、裳着《もぎ》の準備に忙しい。

薫物合せが行なわれる

二月、源氏は持参させる薫物《たきもの》の調合を思い立ち、六条院の女性たちにも調合を求め、薫物合せを行なった。そこへ螢の宮が訪れ、源氏は審判を依頼する。

二月《きさらぎ》の十日、雨すこし降りて、御まへちかき紅梅、さかりに、色も香も、似る物なきほどに、兵部卿の宮、わたり給へり。「御いそぎの、今日、明日になりにける事」と、とぶらひ聞え給ふ。昔より、とりわきたる御仲なれば、隔てなく、「その事、かのこと」と、きこえ合はせ給ひて、花をめでつゝ、おはするほどに、「前の齋院より」とて、ちりすぎた梅の枝につけたる御文、もて參れり。

それぞれが独自に調合した薫りはすばらしく、優劣はつかなかった。その晩、祝宴があり、弁少将が催馬楽《さいばら》「梅枝」を詠った。これが帖名である。

翌日明石の君の裳着が行なわれた

翌日、秋好中宮を腰結《こしゆい》役にして、明石の姫君の裳着が行なわれた。この時、紫の上と秋好中宮が初めて対面する。

源氏は夕霧の独身を心配する

明石の姫君の入内が四月と決まった。それにつけても源氏は夕霧がまだ独身でいることが心配だった。男は結婚したほうが身が落ち着く、社会的信用も増すと諭した。しかし夕霧は雲居の雁のことが忘れられずにうわのそらだった。

コウバイ（紅梅）

清少納言は『枕草子』「木の花は」で、「木の花は、こきもうすきも紅梅」と紅梅を花の筆頭にあげ、円地文子は随筆「紅梅」で次のように書いている。

私は紅梅の紅の色が好きだ。桜のうす紅とも、桃の明るい濃いピンクとも違って、恰度《ちょうど》昔の練り紅の臙脂《えんじ》をうすめたような重たく沈んだ紅梅の色には、軽薄な感じが無くて、いかにも長い冬の寒さに耐えた花の辛抱強さと凛凛しい美しさが含まれている。春の声を聞く最初のなつかしく思い出すのはまず紅梅の紅の色である。

ハクバイ（白梅）には気品がある

吉田兼好は『徒然草』「家にありたき木は」で「梅は白き。うす紅梅。一重なるがとく咲きたるも、重なりた紅梅の、にほひめでたきも、みなをかし」と語り、堀文子は『堀文子画文集・花』で、梅の美しさを次のように表現した。

花の中に描かれた蘂《しべ》の程よい気品。まさに梅は百花の王たるに相応しい清冽な厳しさを湛《たた》えている。そしてその美しさは、一種冷えた薫がある。

三三．藤裏葉

ふぢのうらば

内大臣は藤の花の宴に夕霧を招く

四月の初め、内大臣邸の庭の藤がみごとに咲いた。内大臣は娘の雲居の雁と夕霧との結婚を許そうと思い、藤の花の宴に夕霧を招く招待状を送った。

四月朔日《うづきついたち》ごろ、お前の藤の花、いとおもしろう咲きみだれて、世の常の色ならず、たゞに見過ぐさむこと、惜しき盛りなるに、遊びなどし給ひて、暮れゆく程の、いとど、色まされるに、頭の中将して、御消息《せうそこ》あり。

内大臣は宴で古歌「藤の裏葉の」を口ずさみ、柏木が歌を詠んだ。

たをやめの袖にまがへる藤の花
　　見る人からや色もまさらん

柏木にも祝福されて、夕霧と雲居の雁の七年越しの恋が実った。

明石の姫君が東宮に入内した

四月二十日過ぎ、明石の姫君が東宮に入内した。養母の紫の上が付きそったが、紫の上は生母の心を思いやり、後見役を明石の君に譲った。三日後の交替のとき、初めて紫の上は明石の君と対面。二人はそれまでのうらみを解消し、お互いに相手の人柄を認め合い打ち解ける。

冷泉帝と朱雀院が六条院に行幸

源氏は准太上天皇の地位についた。臣下として最高の名誉である。十月二十日過ぎ、冷泉帝が六条院に行幸し、朱雀院も同行して異例の盛儀となった。源氏は絶頂期を迎えた。この年三十九歳。「桐壺」で始まった『源氏物語』もこの「藤裏葉」で第一部が終了することになる。

藤の花

藤の花は春から初夏にかけて咲く花である。内大臣はそれを次のように讃えた。

春の花、いづれとなく、みな開け出づる色ごとに、目驚かぬはなきを、心短く、うち捨てて散りぬるが、うらめしう思ゆる頃ほひ、この花の、ひとり立ちおくれて、夏に咲きかゝるほどなん、あやしく、心にくきあはれにおぼえ侍る。色もはた、なつかしきゆかりにも、かこつべし。

咲き始めの藤

緑色の花軸が長く伸び、点綴する淡赤紫色の花びらが揺れている。吉田兼好が愛した「藤のおぼつかなきさま」の情景である。一つ一つの小花は蝶形花で 2 cm。花房の長さは20〜90cm。花は上から下へ順に咲いてゆく。

三四．若菜上

わかな

朱雀院は女三の宮を源氏に託す

朱雀院は六条院への行幸のあと病にかかり、出家を決意した。それにつけても女三の宮の行く末が心配だった。源氏に後見を頼んだ。源氏はやむをえず引き受けたが、それを聞いた紫の上は動転。しかしさりげなく装い、運命を受容するしか方法はなかった。女三の宮が正妻になるのである。

玉鬘が源氏の四十歳の祝いに若菜を贈る

源氏は四十歳になった。玉鬘が四十歳の祝賀に若菜を贈り、源氏は久しぶりに玉鬘と対面した。

若葉さす野べの小松を引きつれて
　もとの岩根を祈る今日かな　　玉鬘

小松原末《すゑ》の齢《よはひ》にひかれてや
　野べの若菜も年をつむべき　　源氏

玉鬘は小松のような幼い子供を引きつれて来て、育ての親の栄えを祈った。源氏は「孫たちの寿命の長さにあやかり、私も長生きしよう」と返す。

女三の宮が六条院に降嫁してきた

二月十日過ぎ、女三の宮が六条院に降嫁してきた。源氏は女三の宮の余りの幼さに失望した。改めて紫の上のすばらしさを感じるが、もはや夫婦の溝を埋めることはできない。

明石の女御が皇子を出産

翌年、明石の女御が皇子を出産。六条院では三月のうららかな日、蹴鞠の遊びが行なわれた。その折、柏木が女三の宮を垣間見た。女三の宮への思いがつのる。源氏に暗雲が垂れこめてくる。

「若菜」は『源氏物語』五十四帖の中でもっとも面白く、文学的にももっとも価値の高い巻。『源氏物語』の世界が、人生がここに凝縮されている。

春の七種

　正月七日に一年間の健康を祈って若菜を摘み、七種粥を食べる風習は中国の影響を受けて平安時代に行なわれていた。平安時代の七種とは何であったかは不明であるが、やがて「せり・なずな・おぎょう・はこべら・ほとけのざ・すずな・すずしろ」が定番になった。すずなは蕪、すずしろは大根である。

スズシロ（ダイコン）の花

　ダイコンの花を見た方は少ないと思うが、春の七種のスズシロには四～五月にこんな花が咲く。白または紫がかった白色の十字の花。ナノハナ（菜の花）と同じ形で色が違うだけである。

ホトケノザ

　ホトケノザはコオニタビラコのことで、三～五月に直径一cmほどの花が咲く。キク科の二年草で、シソ科のホトケノザとは異なる。シソ科のホトケノザは紅紫色の唇形花。

三五．若菜《わかな》 下

冷泉帝が譲位し今上帝の御代となった

四年の歳月が流れ、源氏四十六歳の年に冷泉帝が譲位し、今上帝が即位した。明石の女御の第一皇子は東宮になった。紫の上は出家を願うが、源氏は許さない。

六条院の女性演奏会

源氏は兄朱雀院の五十歳の祝賀の準備をしている。院が女三の宮の琴を所望しているので、練習を兼ねて六条院では女性演奏会が開かれた。明石の君の琵琶、紫の上の和琴《わごん》、女三の宮の琴《きん》、明石の女御の箏、それぞれにすばらしい演奏であった。

女三の宮は柳の糸のように美しい

演奏会の夜の女性たちはそれぞれに美しかった。若い女三の宮は、柳の枝が芽吹き始めたときの風情に似ていた。

二月《きさらぎ》の中の十日ばかりの青柳の、わづかにしだり始めたらん心地して、鶯の羽風《はかぜ》にも亂れぬべく、あえかに見え給ふ。櫻の細長に、御髪《ぐし》は、左・右よりこぼれかゝりて、柳の絲《いと》のさましたり。

明石の女御は藤の花

明石の女御は優艶さが加わって、朝ぼらけの藤の花のようであった。

女御の君は、おなじやうなる御なまめき姿の、いま少し匂ひ加はりて、もてなし・けはひ、心にくく、由《よし》ある様し給ひて、よく咲きこぼれたる藤の花の、夏にかゝりて、かたはらに並ぶ花なき朝ぼらけの心地ぞ、し給へる。

花の競演
源氏の正妻が女三の宮、女三の宮はヤナギ、紫の上はサクラにたとえられた。春爛漫、反橋のかかる池畔でヤナギとサクラがわが春を演出している。

紺碧の空に浮かぶ藤の花
紺碧の空に浮かぶ藤の花。それは明石の女御の姿である。宇治十帖で活躍する貴公子は匂の宮と薫。二人は浮舟をめぐって争うが、明石の女御は源氏の一人娘で、薫の姉であり、匂の宮の母であった。

紫の上は桜の花

紫の上は桜の花にたとえられるが、その桜よりもっと美しい。

紫の上は、葡萄染《えびぞめ》にやあらむ、色濃き小袿《こうちぎ》、薄蘇《す》芳《はう》の細長に、御髪《ぐし》のたまれるほど、こちたくゆるゝかに、大きさなどよきほどに、様體《やうだい》あらまほしく、あたりに匂ひ満ちたる心地して、花といはば、櫻にたとへても。なほ、ものより勝れたるけはひ、殊に物し給ふ。

明石の君は花橘

明石の君は高雅で、琵琶を弾くさまは花橘の清楚な薫りがただようようであった。

たをやかに使ひなしたる撥《ばち》のもてなし、音を聞くよりも、又ありがたく、懐しくて、「五月待つ花たちばな」の、花も實も具して、おし折れる薫りおぼゆ。

紫の上が病に倒れた

演奏会の直後、紫の上が発病し、危篤に陥った。源氏は二条院に移して、つきっきりで看病する。

柏木が女三の宮を犯す

源氏が六条院を留守にしているときに、柏木は女三の宮の乳母子《めのとご》を手なずけ、その手引きで女三の宮を犯してしまう。

源氏はすべてを知ったが……

源氏は女三の宮の病気の知らせで、六条院に帰り、宮を見舞う。懐妊を知って不審に思っているとき、柏木の手紙を発見してすべてを知った。

しかし自分もかつて藤壺と密通した、父は知っていたが黙っていた、そう思うと口に出すことはできない。

「故院の上も、かく、御心には、しろしめしてや、知らず顔をつくらせ給ひけん。思へば、その世のことこそは、いと恐ろしく、あるまじき過ちなりけれ」と、ちかき例《ためし》を思《おぼ》すにぞ、戀の山路は、えもどくまじき御心、まじりける。

しかし許せない。女三の宮と柏木は自責の念にさいなまれ、恐怖の日々を送る。物語のクライマックスである。

ハマユウ（浜木綿）

ハマユウはこの帖には出てこないが、夕霧は花散里と源氏の関係を「浜木綿ばかりの隔て」と表現している。『万葉集』にある柿本人麻呂の歌からの連想である。

み熊野の浦の浜ゆふ百重なす
　心は思へども直にあはぬかも

百重なすように幾重にも愛しているのに、源氏は花散里とは肉体関係がなくなっていた。

サクラ（桜）

紫の上は桜の花よりもっと美しいと表現されたが、「若菜下」で快復絶望の病気に倒れる。そしてその間に女三の宮は柏木に犯され、源氏にとって最悪の年になってしまった。帖名「若菜」とは裏腹の物語の展開である。

タチバナ（橘）

明石の君にたとえられた花。タチバナは光輝く実、冬でも枯れない葉から長寿と繁栄を祝福する植物であった。「右近の橘」「左近の桜」として平安京の紫宸殿南階下に植えられていた。

三六. 柏木

かしわぎ

女三の宮が男子を出産

柏木は源氏に皮肉を浴びせられ、恐怖におののいて病に倒れた。病状は好転しなかった。女三の宮に最後の手紙を書く。翌日、女三の宮が男子を主産。薫である。

女三の宮は出家する

女三の宮はひそかに見舞いに訪れた父（朱雀院）にすがって受戒。これも六条御息所の死霊のしわざであったという。

柏木は夕霧に女二の宮を託して他界

柏木は女三の宮の出家を聞いて重体に陥った。見舞いに訪れた夕霧に正妻女二の宮を託して他界する。

夕霧が女二の宮を訪ねる

夕霧は親友であった柏木の遺言に応えて女二の宮（落葉の宮）を見舞った。

庭も、やう〳〵青み出づる若草、見えわたり、こ、かしこの、砂子うすき、物のかくれのかたに、蓬《よもぎ》も、所得顔《ところえがお》なり。前栽《せんざい》に心いれて、つくろひ給ひしも、心にまかせて繁りあひ、ひとむらの薄《すゝき》も、たのもしげに廣ごりて、蟲の音添はん秋、思ひやらる、より、いと物あはれに、露けくて、わけ入り給ふ。

柏と楓の木が若々しい葉の色を見せて、枝をさし交わしていた。柏木と夕霧の友情を示しているようである。

ことならばならしの枝にならさなん
葉守《はもり》の神の許しありきと　夕霧

柏木に葉守の神はまさずとも
人ならすべき宿の下枝《しづえ》か　女二の宮

カシワ（柏）・ブナ科の落葉高木。若い葉は柏餅を包むのに使われる。万葉集に三首、古今集に一首、新古今集に四首詠まれている。花期四～五月。

ススキ（薄）
晩秋のほうけた白銀の穂が夕日に輝く風情が古来から好まれたが、十月の若ススキは水辺に合う。花穂は白から黄褐色まで微妙に変化して初秋の水辺を演出する。

カシワ（柏）
ワカカエデとともに新緑が美しい。雄花の穂が新枝の下部から垂れ下っている。柏の木には葉守の神が宿るとされ、柏木は皇后の守衛を任務とする「兵衛」「衛門」の別称でもあった。

ワカカエデ（若楓）
新緑のカエデは新鮮である。光源氏の時代は過ぎて、今や子どもたちの時代になった。新緑に輝くカシワとカエデがそれを象徴しているようである。

三七．横笛

よこぶえ

朱雀院は女三の宮に筍や山芋を贈る

出家して山寺に住む朱雀院は寺の近くに生えているタケノコやヤマイモを女三の宮に贈った。

御寺のかたはら近き林に、抜きいでたる筍《たかうな》、そのわたりの山に、掘れる野老《ところ》などの、山里につけては、あはれなれば、たてまつれ給ふとて、……

世をわかれ入りなむ道はおくるとも
同じところを君も尋ねよ

女三の宮は父からの手紙を読んで涙ぐむ。

夕霧は柏木遺愛の横笛を贈られる

夕霧は女二の宮を訪ねた。母君と柏木の追想をし、女二の宮と想夫恋を合奏。その折、柏木遺愛の横笛を母君から贈られたが、その夜、柏木が夢枕に現れ、笛を伝えたかったのは別な人であると告げる。

源氏が横笛を取り上げる

六条院を訪ねた夕霧は、遊んでいた薫を見て、薫が柏木に似ているように思った。源氏に横笛のいきさつを話し、探りを入れるが、源氏はこころあたりがないとさりげなくかわす。しかし笛はわが子に伝えたかったのではないかと言って取り上げた。

「すゑの世の傳へ、『また、いづかたに』とかは、おもひまがへん。さやうに思ふなりけんかし」など、おぼして、「この君も、いといたり深き人なれば、おもひよることあらむかし」と、おぼす。

夕霧は心遣いの深い人だから、勘づいているだろうと源氏は思った。

オニドコロ（鬼野老）・ヤマイモ科のつる性の多年草。ヤマイモに似ているが、苦みが強いので食用にしない。万葉集にトコロヅラとして二首詠まれている。花期七～八月。果期九～一〇月。

オニドコロ（鬼野老）

小さな花の下にある子房がふくらんで三稜翼の果実となる。ヤマイモの花は白、オニドコロは淡黄緑色。正月にオニドコロの根を飾って長寿を願う風習があった。朱雀院が山の幸を女三の宮に贈ったのも子を思う親心からであったろう。女三の宮の行く末を心配して源氏に託したが、親の思いとは裏腹に女三の宮は出家する身の上となり、女二の宮は未亡人になってしまった。

ヤマイモのむかご

葉のわきにできるむかごが愛らしい。根とともに食用になる。オニドコロにはむかごができない。

三八・鈴蟲

すずむし

女三の尼宮の持仏開眼供養が行なわれた

夏、蓮の花の盛りに、女三の宮の持仏開眼供養が行なわれた。

はちす葉をおなじうてなと契りおきて
　露のわかる、けふぞ悲しき　　源氏

へだてなく蓮《はちす》の宿をちぎりても
　君が心や住まじとすらん　　女三の尼宮

女三の宮は「源氏が共に同じ蓮台にといっても本当は一緒に住もうなどとは思ってもいないに」と詠み返した。

秋、源氏は女三の尼宮と鈴虫の音を聞く

源氏は女三の尼宮の住む前庭を野原のように造りなおして鈴虫を放った。そして八月十五日の夜、女三の尼宮を訪れ、鈴虫の音を聞く。

おほかたの秋をば憂しと知りにしを
　ふり捨てがたき鈴蟲の声　　女三の尼宮

心もて草のやどりをいとへども
　なほ鈴蟲の聲ぞふりせぬ　　源氏

源氏は尼宮に「あなたはまだ鈴虫の声のように美しい」と言って琴を弾いた。尼宮はうっとりと聞きほれている。

月さし出でて、いと花やかなる程もあはれなるに、空をうちながめて、世の中さまぐ〴〵につけて、はかなく移りかはる有様も、思し續《つゞ》けられて、例よりもあはれなる音に、かき鳴らし給ふ。

ハス（蓮）・スイレン科の多年草。インドの原産といわれる。大賀蓮は二千年の眠りから覚めて開花した。万葉集に四首、古今集に一首、新古今集に一首詠まれている。花期七月下旬〜八月上旬。

ハス（蓮）

蓮の花は４日の命で、１日目は夜明けに咲き始め正午に閉じ、２日目は午後に８分通り閉じる。３日目は夕方まで咲くが、午後には外側の花弁から散り始め、４日目の午前中に散ってしまう。

ミヤギノハギ（宮城野萩）

ミヤギノハギの特徴は細い枝がよく枝垂れること。優雅で、紅を散らした花姿が軽やかである。萩の描く曲線がゆるやかな芝生の線へと変わってゆく。

三九・夕霧

ゆふぎり

女二の宮の母が小野の山荘に移る

女二の宮の母が病気になり、小野の山荘に移った。夕霧は山荘に見舞い、夕暮、女二の宮の部屋にしのびこんで恋心を訴える。

「ひたぶるに、おぼしなりねかし」

とて、月あかきかたに、いざなひ聞ゆるも、「あさまし」と、おぼす。心づようもてなし給へど、はかなう、ひき寄せたてまつりて、

「かばかり類《たぐひ》なき心ざしを、御覧じ知りて、心やすうもてなし給へ。御許しあらでは、さらに〳〵」

夕霧は光源氏と違い、生真面目である。許しがなければそれ以上は何もしないと、大きな声で告げた。

夕霧は再び山荘を訪れた

女二の宮の母が亡くなり、夕霧は山荘を訪ねたが、女二の宮は会ってくれない。葬儀のあと再び小野の山荘を訪れた。

九月《ながつき》十餘日、野山の気色《けしき》は、ふかく見知らぬ人だに、たゞにやはおぼゆる。山風に堪へぬ木々のこずゑも、峰の葛葉《くずば》も、心あわたゞしう、あらそひ散るまぎれに、尊《たふと》き讀《ど》經の聲《こゑ》かすかに、念佛などの聲《こゑ》ばかりして、人のけはひ、いと少なう、木枯の吹きはらひたるに、鹿は、たゞ、籬《まがき》のもとにたゝずみつゝ、山田の引板《ひた》にも驚かず、色濃き稲どもの中にまじりて、うち鳴くも、愁へ顔なり。

雲居の雁は実家に帰ってしまった

四十九日の法要をすませたあと夕霧は強引に女二の宮を一条宮に引き戻す。怒った雲居の雁は子供を連れて実家に帰ってしまった。現代と同じ家庭崩壊である。

クズ（葛）・マメ科のつる性の多年草。山野に自生。秋の七草の一つ。繁殖力が旺盛で茎は一〇m以上に伸びる。万葉集に二一首、古今集に一首、新古今集に八首詠まれている。花期八〜九月。

クズの葉

風が吹くと大きな葉が裏返る。裏返ると葉裏の白みが目立つので別名ウラミグサ（裏見草）。古今集や新古今集では葉の裏と恨みをかけて詠んだものが多い。本文「九月十余日……」の中に夕霧の心理が巧みに投影されている。木枯しが吹きすさび、クズの葉がせかれるように散ってゆく。

クズ（葛）

花びらは藤の花に似ている。花穂を動物の尾のように曲げて愛らしい。花穂は一五～二〇㎝。繁茂する葉隠れに咲く花は見えないことが多い。夕霧が何度訪ねても会ってくれない女二の宮の姿に重なる。

四〇・御法
みのり

紫の上発願法華経千部の供養が行なわれた

春、三月、花の盛りに紫の上が発願した法華経千部の供養が行なわれた。

三月《やよひ》の十日なれば、花盛りにて、空の氣色なども、うららかに、物おもしろく、佛のおはすなる所の有様、遠からず思ひやられて、殊なる深き心もなき人へ、罪を失ひつべし。

数年来の病気で、死期の近いことを予感していた紫の上は、明石の君や花散里と歌を詠み交わし、それとなく別れを告げる。

絶えぬべき御法ながらぞ頼まるゝ、
世々にとむすぶ中の契りを　紫の上

結びおく契りは絶えじ大方の
残りすくなき御法《みのり》なりとも　花散里

萩の露にはかない自分の命を重ねた

秋になり、秋好中宮が見舞いに来た。脇息にもたれながら夕暮の秋の庭を眺めている。源氏も見えた。

おくと見る程ぞはかなきともすれば
風に亂るゝ萩の上露　紫の上

紫の上は四十三歳の生涯を閉じた

八月十四日の未明、紫の上は源氏と明石中宮に見守られながら、四十三歳の生涯を閉じた。源氏は呆然自失の状態になり、夕霧が源氏に代わって法事を取り仕切った。

紫の上は幸せだったのか

紫の上は源氏にもっとも愛された女性である。しかし源氏は次々と他の女性と関係をもった。それにじっと耐え、正妻にもなれず、子供も生まれず、明石の君の姫君を養育し、出家も許されなかった。源氏に愛された女性のなかでもっとも不幸な女性であったとも言える。

花の盛り

紫の上は桜の花の盛りに法華経千部の供養を行ない、それとなく別れを告げた。西行は桜を愛し、桜の咲く花の下で死にたいと願ったとおりに花盛りの春に亡くなった。

願はくは花の下にて春死なむ
そのきさらぎの望月の頃　西行

春を愛した紫の上は秋に亡くなった。

吹かるゝままに右に左に

岡本かの子は『秋の七草に添へて』で次のように語った。

私は秋の七草の中で萩が一番好きだ。すんなりと伸びた枝先にこんもり盛り上がる薄紅色の花の房、幹の両方に平均に拡がる小さい小判形の葉。朝露にしっとり濡れた花房も枝もたわゝに辛うじて支えてゐる慎ましく上品な萩。地面を揺るがす高原の雷雨の中に葉裏を逆立て、今にも千切れ飛ばされそうな花房をしつかり抱き締めつゝ吹かるまゝに右に左に無抵抗に枝幹をなびかせてゐる運命に従順な萩。

紫の上は桜を愛したが、岡本かの子のいう萩のような女性であった。

四一・幻

まぼろし

年が改まっても源氏の悲しみは癒されない

年が改まったが、源氏の悲しみは癒されなかった。年賀の客にも螢の宮以外は対面せず、女君を訪れることもなかった。

紫の上遺愛の紅梅が咲いた

二月、春が来て紫の上遺愛の紅梅が咲いた。それにつけても思い出すのは紫の上、源氏は愛惜を深めるばかりだった。

花は、ほのかに開けさしつゝ、をかしき程の匂ひなり。御遊びもなく、例の變《かは》りたる事多かり

山吹や桜も咲いた

三月になると生前と同じように山吹が咲き桜が咲いた。

山吹などの、心地よげに咲き亂れたるも、うちつけに露けくのみ、見なされ給ふ。ほかの花は、一重散りて、八重咲く花櫻、さかり過ぎて、樺櫻は開け、藤は、おくれて色づきなどこそすめるを、その、遲《おそ》く疾《と》き花の心を、よく分きて、いろ〳〵盡くして、植ゑおき給ひしかば、時を忘れず、匂ひ滿ちたるに、……

紫の上は植物の性質をよく知り、さまざまなものを集めて植えていた。

橘が咲き盛夏に蓮が咲いた

初夏に橘が咲き、盛夏には蓮が咲いた。源氏は涼しい釣殿で物思いに沈む。

いと暑きころ、涼しきかたにて、ながめ給ふに、池の蓮《はちす》の盛りなるを、見給ふに、「いかに多かる」など、まづ思し出でらるゝに、ほれ〴〵しく、つく〴〵とおはする程に、日も暮れにけり。

十一月に残っていた恋文などを女房たちに破り捨てさせ、暮れには新年の祝儀などを立派に用意させた。

蓮の花

蓮は盛夏に咲く花。清少納言は『枕草子』「草の花は」で「また、花なき頃、みどりなる池の水に紅に咲きたるも、いとをかし」と言った。極楽浄土に咲く蓮の花は蕾も満開に開いた花姿も美しい。早朝のやわらかな光のなかで神秘的である。

ハクレン（白蓮）

涼しげにすきっと茎を伸ばし清らかに咲く蓮の花の美しさは白蓮に極まる。光源氏は紫の上と「後の世には、おなじ蓮の座をも分けむ」と誓いあった（40帖「御法」）。

四二・匂宮

にほふのみや

源氏亡きあとの貴公子は匂宮と薫

前帖から八年の歳月が流れた。源氏亡きあと、そのあとを継ぐのは匂宮と薫であった。匂宮は今上帝と明石の中宮から生まれ、薫は女三の宮と源氏の子である。

匂宮は二条院に住む

紫の上に可愛がられた匂宮は紫の上から伝領された二条院に住んでいる。性格は明るく、源氏に似ていた。

薫は自分の出生に疑惑をもつ

薫は自分の出生に疑惑を抱き、疑念に苦しんでいたが、冷泉院と秋好中宮に可愛がられ、右近《うこん》の中将になっている。

匂宮は薫物に関心が高い

薫には生れつき芳香が備わっていた。それに対抗して匂宮は薫物に関心が高く、いつも衣服に香をたきしめている。好む花もワレモコウやフジバカマなど芳香を放つものばかりである。

お前の前栽にも、春は、梅の花の園をながめ給ひ、秋は、世の人の、色に愛づる女郎花、小牡鹿《さおしか》の妻にすめる萩の露にも、をさく〱、御心移し給はず、老いを忘る、菊、衰《おとろ》へゆく藤袴、物げなき吾木香《われもこう》などは、いと、すさまじき霜枯の頃ほひまで、おぼし捨てずなど、わざとめきて、香に愛《め》づる思ひをなむ、たてて好ましうおはしける。

ワレモコウ（吾亦紅・吾木香）・バラ科の多年草。花弁のない暗紅紫色の花。茎や葉にひそかな香りがあるので「吾木香」だといわれる。『源氏物語』や『徒然草』ではフジバカマなどといっしょに取り上げられている。花期八〜一〇月。

ワレモコウ（**吾亦紅・吾木香**）

後方の黄色はオミナエシ。オミナエシとの取り合せでワレモコウは生き生きと輝く。「吾もまた紅い花だ」と主張しているように見える。壺井栄『われもこう』にも次のような描写がある。

「黄色なの、おみなえしでしょ。この赤いの、なんだったけ。」

「われもこうだろ。吾も紅しって書くんじゃなかったかね。」

「ああ、そうだ、そうだ。」

おみなえしばかりのような花束の中に、われもまたあかし、という「われもこう」の姿に、私は私の心を見つけ出したような喜びを感じ、思わず花束を母の手からうばっていました。

フジバカマ（**藤袴**）
現在では自生のものを見ることはほとんどできなくなってしまった。似ている花にヒヨドリバナがある。これはよく見かけるが、香がない。
清少納言は『枕草子』「草の花は」で、秋の花をたくさん取り上げているが、シオンとフジバカマは出てこない。紫式部や吉田兼好とは美意識の違いがあったのだろう。

四三. 紅梅

こうばい

柏木の弟に按察大納言がいた

故柏木のすぐ下の弟に按察《あぜちの》大納言がいた。大納言は先妻をなくし、後添いに故髭黒大将の長女真木柱を貰った。先妻との間に大君と中の君の二人の姫があり、真木柱の連れ子に宮の姫がいる。

中の君を匂宮と結婚させたかった

大納言は大君を東宮妃として入内させていたので、中の君は匂宮と結婚させたかった。紅梅に歌をそえて匂宮に贈る。

心ありて風の匂はす園の梅に
　まづ鶯のとはずやあるべき

匂宮は梅が好きである。贈られた紅梅を見て喜んだ。

「「園に匂へる、紅《くれなゐ》の色に、とられて、香なむ、白き梅には劣れる」といふめるを、いとかしこく、とりならべても咲きけるかな」

とて、御心とゞめ給へる花なれば、かひありて、もてはやし給ふ。

しかし、匂宮は中の君より宮の姫に関心がある。

真木柱の思いは複雑であった

真木柱は夫の胸中を知るだけに思いは複雑であった。連れ子の宮の姫を匂宮と結婚させてもいいが、匂宮は好色で、宇治の八の宮の姫君にもご執心と聞くといっそう心配になってくる。

コウバイ（紅梅）

紅梅は白梅があってよけい引き立つ。紅色も濃い色から薄い色までさまざまである。王朝人は紅梅を好み、さまざまな紅梅色を重ね着して、袖口や裾の色合いに心を使った。

築地に映える紅梅

白梅は白木や朱塗りの神社に似合い、紅梅は寺院の中庭などに植えられて気品がただよう。ひっそりと咲いている姿に趣がある。

四四．竹河

たけかわ

玉鬘には二人の美しい姫がいた

玉鬘には故髭黒太政大臣との間に三男二女があった。二人の姫は母に似て美しく、求婚者が多い。当時十四、五歳の薫も時折遊びにきた。玉鬘は薫を婿にしたいと思った。

お前ちかき若木の梅《むめ》、心もとなくつぼみて、鶯の初聲も、いと、おほどかなるに、いと、好かせたてまつらほしきさまの、し給へれば、人々、はかなき事をいふに、こと少な《ずく》に、心にくき程なるを、ねたがりて、宰相の君と聞ゆる上臈《らふ》の、よみかけ給ふ。

折りて見ばいとゞ匂ひもまさるやと
　すこし色めけ梅の初花

少年の薫は梅の若木のように若々しい。女房たちから「まめ人」（まじめな人）とあだ名をつけられた。

薫が催馬楽「竹河」を謡う

正月二十日過ぎ、玉鬘邸に若い公達たちが集まり、薫は公達たちといっしょに催馬楽《さいばら》「竹河」を謡う。これが「竹河」の巻名となった。

大君は冷泉院に入内

姉の大君は結局、冷泉院に入内した。冷泉院を訪ねた薫は手の届かなくなった大君に想いを残す。

御前ちかく見やらる、五葉に、藤の、いとおもしろく、咲きか、りたるを、水のほとりの石に、苔を蓆《むしろ》にて、ながめ居給へり。まほにはあらねど、世の中恨めしげにかすめつ、、かたらふ。

「竹河」は薫十四歳から二十三歳まで、およそ十三年間の玉鬘一家を中心にした物語である。

若い梅の木
梅は苔むした古木が尊ばれるが、若木もいい。写真のようにまばらに植えられていると、それぞれの木の個性が楽しめる。

やぐら仕立ての藤
藤は現在は藤棚ややぐら仕立てにして観賞するが、平安時代には高い松の木や五葉松の枝から垂れ下る風情を楽しんだ。

四五・橋姫

はしひめ

源氏の異母弟八の宮が宇治に住んでいた

源氏の異母弟八の宮が宇治の山荘に引きこもり、阿《あ》闍梨《じゃり》に師事して仏道に精進していた。当時の宇治は聞きしにまさる寂しいところであった。

同じ山里といへど、さる方にて、心とまりぬべく、のどかなるもあるを、いと、荒《あら》ましき水の音、波の響きに、もの忘れうちし、夜など、心とけて夢をだに見るべく程もなげに、すごく吹きはらひたり。

薫は八の宮の人柄にひかれる

薫は八の宮の人柄と信仰にひかれ、宇治に通うようになった。仏道の子弟として八の宮と親交を深める。

薫は大君に思いを寄せる

八の宮は妻に先立てられ、二人の姫君を養育していた。長女の大君《おおいぎみ》の気品と優雅さに心をひかれた薫は交際を申し込んだ。

橋姫の心をくみて高瀬さす
棹のしづくに袖ぞぬれぬる　薫

さしかへる宇治の河長《かわをさ》朝夕の
しづくや袖を朽たし果つらむ　大君

橋姫は橋を守る女神。「源氏物語」では宇治の大君中君を指した。

八の宮は姫君たちの後見を薫に託す

八の宮は自分の死後、姫たちのことが心配になり後見を薫に託した。薫は八の宮のもとにいた柏木の乳母子の弁から自分の出生の秘密を聞いた。母を訪ねたが、無心に読経している母の姿を見ると口に出せなかった。心のうちに秘めておくしかない。

宇治川と「橘の小島」

51帖「浮舟」で匂宮と浮舟は小舟で宇治川を渡る。匂宮は「橘の小島」でしばし舟をとめて不変の愛を誓った。今は東岸（写真左）から朱塗りの朝霧橋がかかっている。橋のたもとに宇治神社、その東北に宇治上神社があり、八の宮はこのあたりに住んでいた。

宇治橋

日本三名橋の１つ。交通・軍事上の要衝であったので、さまざまな物語に登場してきた。現在の橋は平成８年に再建された。橋の上に立って上流を眺めると砂州のように長く伸びた中州「橘の小島」が見える。

四六．椎本　しひがもと

匂宮が宇治の山荘に泊まる

匂宮は長谷寺詣での帰途、宇治の夕霧の山荘に泊まった。管弦の遊びをし、その音は対岸の八の宮の山荘に聞こえた。

桜と柳が川面に映って風情があった

桜や柳が川面に映る情景は風情があり、たまに訪れた人は去りがたかった。

はるぐ〱と霞みわたれる空に、「散る櫻もあれば、今は開けそむる」など、色〱見わたさるゝに、川添柳《ぞひやなぎ》の、おきふし靡く水影など、おろかならずをかしきを、見ならひ給はぬ人は、「いと、珍しく、見捨てがたし」とおぼさる。

八の宮が姫を薫に託して亡くなる

秋、薫が宇治を訪ねると、八の宮は改めて姫君のゆく末を薫に託した。姫には軽はずみな結婚はしないように訓戒して他界する。

薫が大君に思いを伝える

年の暮れ、薫は宇治を訪れ、自分の思いを大君に伝えたが、大君は取り合わなかった。

喪服姿の姉妹を見て薫の思いはつのる

翌夏、宇治を訪れた薫は喪服姿の姉妹の美しい姿を見ていっそう思いをつのらせた。

たちよらむ蔭《かげ》と頼みし椎《しひ》が本《もと》
むなしき床になりにけるかな　　薫

薫の八の宮を偲ぶ歌がこの巻名の「椎本」になった。八の宮の山荘の裏にシイの木が茂っていた。歌の「椎が本」は八の宮をさす。

シダレヤナギ（**枝垂柳**）
写真は皇居内堀の景観。当時の宇治の情景を頭に描き、写真の情景を投影させてみると薫や匂宮が眺めた宇治の風景を想像することができるであろう。

ヤマザクラ（**山桜**）
現在サクラといえばソメイヨシノになっているが、当時はソメイヨシノはない。葉と花が同時に出るヤマザクラであった。ただし今日のヤマザクラだけではなく八重桜もあり、八重か一重か論争し牛車を引き返して確かめたというミクルマガエシ（御車返し）などもあった。

四七. 總角

あげまき

總角に寄せて薫は思いを大君に伝える

秋八月、八の宮の一周忌に近いころ薫は宇治を訪ねた。姉妹は法要の準備に、名香《みょうこう》の飾り糸を編んでいる。その総角結びに寄せて薫は思いを大君に伝えた。

總角に長き契りを結びこめ
おなじ所によりもあはなん　薫

供花のシキミの香りが漂っていた

その夜、薫は大君の部屋に忍びこむ。供花のシキミの香りがひときわ匂っていた。大君は自分より妹の中の君の幸せを願い、薫の愛を受けつけない。

名香《みやうがう》の、いと、かうばしく匂ひて、樒《しきみ》の、いと、はなやかに薫れるけはひも、……

薫は中の君と匂宮を結ばせる

薫は中の君を匂宮と結ばせてしまえば、大君は自分になびくと思い二人を結ばせる。あさはかであった。

匂宮は紅葉狩りに宇治を訪ねたが

匂宮は紅葉狩りに宇治を訪ねたが、母の意向を受けた監視がきびしく、中の君に会うことができない。仕方なく宇治を去る。

ツユクサの色のように移り気な方であったか……

匂宮が中の君に会わずに宇治を去ったことを知ると、大君は落胆。やはり噂通り、ツユクサの色のように移り気の方であったか…。妹のことを考えると心労が重なり、大君は病に倒れた。薫に看取られながら息を引き取る。

シキミ(樒)・モクレン科の常緑小高木。樹皮や葉に香気があり、抹香や線香の原料になる。墓地や寺院の境内によく植えられている。万葉集と新古今集に一首ずつ詠まれている。花期三～四月。

ツユクサ（露草）・ツユクサ科の一年草。空地や道端に自生。万葉集にツキクサ（月草）として九首、古今集に二首、新古今集に一首詠まれている。青色の染料として用いられ、ツクサを臼でついて汁を出し布にすりつけた。水に濡れると色が落ちる。花期六～九月。

ツユクサ（露草）

朝四時ごろから咲き始め、朝露に濡れて、みずみずしいブルーを輝かせる。半日花で午後には苞にもどり、苞のなかで実が結ばれる。

シキミ（樒）

花の直径は三㎝。花被片の数は一〇～二〇枚。花の色は淡黄色が一般的であるが、淡紅色もある。果実の有毒性から「悪しき実」の悪が略されてシキミになったといわれる。

川岸の紅葉

川岸の紅葉は川面に映ってひときわ美しい。特に薄暮のなかで輝く紅葉の美が最高である。まさに太陽が山陰に沈む前後の一瞬。

四八・早蕨

さわらび

阿闍梨からワラビやツクシが贈られてきた

宇治の山荘にも春が来た。しかし、姉に先立たれた中の君の悲しみは消えない。そこへ山寺の阿闍梨《あじゃり》からワラビやツクシが贈られてきた。

蕨・つくぐし、をかしき籠《こ》に入れて、「これは、童《わらは》べの供養じて侍る初穂なり」とて、たてまつれり。

君にとてあまたの春をつみしかば
常を忘れぬ初蕨《はつわらび》なり　阿闍梨

この春はたれにか見せむ亡き人の
かたみにつめる峰の早蕨《さわらび》　中の君

匂宮が中の君を二条院に迎える

匂宮が中の君を二条院に迎えた。宇治を去る前日に宇治を訪ねた薫は中の君が大君に生き写しになっている姿を見て、匂宮のものにしてしまったことを悔やんだ。

中の君と匂宮は仲良く暮らしていた

花盛りのころ、薫は二条院を訪れた。宇治の山荘の質素なありさまとは異なり、中の君はすっかり匂宮の妻となっていた。しかし、薫は何となく二人の間に不安を感じたりもした。それは自らの嫉妬であったかも知れない。

ワラビ（蕨）・ワラビ科の多年草。常緑のウラジロなどに対しワラビの葉は冬に枯れる。万葉集、古今集、新古今集に一首ずつ詠まれている。採取期四月中旬～五月上旬。
ツクシ（土筆）・トクサ科の多年草。スギナの胞子茎で、土手や道端に群生する。出たての柔らかなうちに摘んで。ほろ苦い早春の風味を味わう。採取期二～四月。

ワラビ（蕨）

萌え出たばかりの巻き葉は赤ちゃんの拳のように愛らしい。ゼンマイとともに春の摘み草の代表で、ユーモラスな姿が好まれる。

ツクシ（土筆）

ふくらんだ頭部が胞子嚢穂。節々から出ているさやを「はかま」という。胞子嚢から胞子が飛び出るとツクシは枯れ、手前に見える黄緑色のスギナがどんどん伸びて地面を埋める。

阿闍梨は亡き人の形見としてワラビとともに摘んで供養し、中の君に贈った。ほろ苦い季節の味は八の宮を偲ぶのに何よりの贈物であった。

四九・宿木《やどりぎ》

匂宮は夕霧の六の君を妻にした

匂宮が夕霧の六の君のもとに度々通うようになった。中の君は宇治を出てきたことを後悔する。薫は二条院の中の君を訪れ、切ない思いを訴えた。中の君は大君に生き写しの異母妹がいることを薫に伝えてあげた。

薫は宇治を訪ね弁の尼と語り合う

秋、宇治を訪ねた薫は山荘で弁の尼としみじみと語りあう。山荘にはツタが色鮮やかに紅葉していた。弁の尼から実父の思い出を聞き、浮舟のことを尋ねる。

いと、氣色《けしき》ある深山木に、宿りたる蔦の色ぞ、まだ殘りたる。「こだに」など、すこし引き取らせ給ひて、「中へ」と、思《おぼ》しくて、持たせ給ふ。

宿りきと思ひ出でずば木のもとの
旅寝もいかに寂しからまし

「宿木」のヤドリギは樹木や岩にからみついて伸びるツタ（蔦）のことである。

薫は女二の宮と結婚した

薫は帝の切なる要望を断り切れず、女二の宮と結婚し、三条の宮に迎えた。しかし思いは浮舟に向かう。

薫は山荘で大君に生き写しの浮舟を見た

薫は宇治を訪れ、山荘で大君に生き写しの浮舟を見る。「宇治十帖」でもっとも劇的な浮舟の物語が始まる。浮舟をめぐる薫と匂宮の男の戦い。そしてその間で悩む浮舟が浮き彫りにされる。

ツタ（蔦）・ブドウ科の蔓性の落葉植物。山野の木や岩壁、住宅の壁や塀などにからみついて繁茂する。万葉集に「這う蔦」・岩を這う「岩綱」として五首、新古今首に一首詠まれている。紅葉期一一月。

ツタ（蔦）

巻きひげに吸盤があって木や岩などにからみつく。夏の黄緑色の葉と秋の紅葉が美しい。紅葉した葉が一葉一葉と落ち、残り少なくなった岩壁の風情が特に趣が深い。右は山形市の山寺の情景。

キク（菊）

菊やススキは宇治でも匂宮邸でも秋の風情をかもし出していた。「宿木」は晩秋の美しい情景のなかで物語が進んでゆく。

落日に輝くススキ

ススキの美しさは落日に輝くときに最高になる。白銀に赤みがさし、やがてシルエットになり、暗闇のなかに消える。

五〇・東屋

あづまや

浮舟は八の宮と侍女との間に生まれた

浮舟は八の宮と侍女との間に生まれた。侍女は浮舟を連れて常陸の介《すけ》と結婚。浮舟は左近の少将と婚約したが、介の実子でないとして少将に断られた。母親は不憫に思い、浮舟を姉の中の君に預ける。

匂宮が二条院で浮舟を見つける

匂宮が二条院で浮舟をみつけ、強引に自分のものにしようとする。浮舟が着ていたシオン色の袿とオミナエシ色の上着が袖口に重なってひときわ美しかった。

紫苑《しをむ》色の花やかなるに、女郎花の、織物と見ゆる、重なりて、袖口さし出でたり。

母親は三条の小家に浮舟を隠した

浮舟は幸いにも匂宮の毒牙から難を逃れることができた。母親は浮舟を三条の小さな家に隠す。三条の家はあばら家。匂宮の庭にはハギが咲き誇っていた。

兵部卿の宮の萩の、なほ、殊に、おもしろくもあるかな。いかで、さる種ありけむ。おなじ枝さしなどの、いと、艶《えむ》なるこそ。

薫は浮舟を宇治の山荘に移す

薫は三条の小家を訪ね、浮舟を宇治の山荘に移した。帖名になっている歌はこの時に詠んだものである。

さしとむる葎《むぐら》やしげき東屋《あづまや》の
あまり程ふる雨《あま》そゝぎかな　　薫

匂宮も手をこまねいてはいない。浮舟のありかをつきとめてしまう。次の五一帖「浮舟」が「宇治十帖」のクライマックスである。

オミナエシ（女郎花）

浮舟はオミナエシやシオンの花のように美しかった。52帖「蜻蛉」で薫は浮舟が失踪したあと女房たちと戯れる中で次の歌を詠んだ。

女郎花みだるゝ野辺にまじるとも　露のあだ名を我にかけめや　　薫

同じころ、浮舟にひとめぼれした中将は53帖「手習」で次の歌を詠む。

あだし野の風になびくな女郎花
われ標《しめ》ゆはむ道遠くとも　　中将

風になびく萩

浮舟は野に咲く萩であった。ハギが風に揺らぐように、浮舟の心も揺らぐ。匂宮や薫は浮舟の美しさに魅了されてしまう。

シオン（紫苑）

シオンの花は気品とともにどこか侘しさが漂う。薫の愛情を選ぶか匂宮の情熱を選ぶか、浮舟は憂いに沈む。

五一・浮舟

うきふね

卯槌に添えられた手紙

匂宮は中の君あてに来た宇治からの手紙を見た。浮舟からだと直感した。手紙は卯槌《うづち》に添えられてあり、ヤブコウジの実が卯槌に刺し通してあった。

匂宮は浮舟の居所をつきとめ、薫を装って寝所に忍び込み、強引にわがものにしてしまった。

匂宮は雪の中を再び山荘を訪ねる

匂宮は雪の中を再び宇治に行き、浮舟を小舟に乗せて対岸の隠れ家に連れ出す。有明けの月が空に上り、水面を照らしていた。

有明け月、澄み昇りて、水の面《おもて》も曇りなきに、「これなん、橘の小島」と、申して、御舟、しばし、さしとゞめたるを、見給へば、大きやかなる岩のさまして、ざれたる常磐木《ときはぎ》の影、しげれり。

浮舟は情熱的な匂宮に感動する

浮舟は薫とは対照的な匂宮の一途な情熱に感動し、浮舟が漂うように私はもうどうなってもよい、と思った。この歌が浮舟の巻名になっている。

橘の小島は色もかはらじを
　この浮舟ぞゆくへ知られぬ　　浮舟

浮舟は匂宮と薫の間で煩悶し入水を決意

匂宮との情事は薫の知るところとなった。浮舟はこれまで庇護されてきた薫と匂宮を思い、煩悶し、追いつめられ、ついに入水を決意した。

ヤブコウジ（藪柑子）・ヤブコウジ科の常緑低木。山地の樹陰や藪に自生。樹高一〇～三〇㎝で、マンリョウより背が低く、正月用の盆栽としても人気がある。別名十両。
アシ（葦）・イネ科の多年草。アシの音「悪し」を嫌って、平安時代末から「善し」のヨシとも言われるようになった。万葉集に五三首、古今集に三首、新古今集に二三首詠まれている。

女人の居間（宇治市源氏物語ミュージアム常設展示）

左に間仕切りの几張、床に小袿がおかれ、衣架に小袿・袿、左に緋色の長袴が掛けられている。浮舟もこうした居間に住んでいた。

ヤブコウジ（**薮柑子**）

ヤブコウジは真っ白な雪のなかでつぶらな瞳のように赤い実を輝かせる。匂宮はヤブコウジの実から浮舟を連想し、雪の降る宇治を訪ねる。

志村ふくみは『薮柑子』で「花といい、実といい、心憎いほどの慎ましさでありながら何という美と品格を備えていることか」とヤブコウジを絶賛した。

カレアシ（**枯葦**）

冬枯れの葦の情景が入水を決意したときの浮舟の心を象徴している。山荘の垣根も葦垣であった。水辺に群生する枯葦は侘びの極致である。

五二・蜻蛉

かげろふ

浮舟が失踪し大騒ぎになった

浮舟が失踪し宇治の山荘では大騒ぎになった。入水が世間に知られることをおそれた母親は遺骸のないまま葬送をすませる。

薫は石山寺参籠中に悲報を聞いた

薫は石山寺参籠中に悲報を知った。帰京した薫はタチバナの香がただよう庭でホトトギスの鳴き声を聞き、いっそう悲しみが込み上げてきた。

お前近き橘の香の、なつかしきに、時鳥《ほとゝぎす》の、二聲ばかり、鳴きて渡る。「宿に通はば」と、ひとりごち給ふも、飽かねば、……

蓮の花の咲く頃には別の女性に

だが、蓮の花の咲くころには、匂宮も薫も別の女性に心を動かした。あれほど浮舟の死を悲しんでいたのに数月のうちに……。男とは何と非情なことか。女性の作者である紫式部はこれを書きたかった……。

秋の夕暮、薫は八の宮の姫たちを懐かしく想う

秋の夕暮、薫は八の宮の姫たちを懐かしく想い、自分の恋は蜻蛉のようにはかないものであった、と嘆く。

ありと見て手に取られず見れば
　又ゆくへも知らず消えし蜻蛉《かげろふ》

思えば八の宮の大君とは死別し、中の君は匂宮にゆずり、浮舟もまた姿を消した。すべてははかない蜻蛉のようなものであった。

タチバナ（橘）

初夏に咲くタチバナの花の香りは亡き人を想わせる。吉田兼好は『徒然草』「折節の移りかはるこそ」で「花橘は名にこそおへれ、なほ梅の匂ひにぞ、いにしへの事も、たちかへり恋しう思へ出でらるる」と書いた。

遣水

岸辺にオミナエシが寂しげに咲き、後方にハギが風に揺れている。それは大君の姿か浮舟の姿か。薫は姫君たちを懐かしく想うだけでなく、自分の恋のふがいなさを嘆いた。匂宮のように振る舞えばよかった、自分はあまりにも優柔不断であった、薫はあとで悔むのが常であった。

五三．手習

てならひ

そのころ横川に高徳の僧都《そうず》がいた

そのころ比叡山の横川に高徳の僧都がいた。原文は次のようになっている。

その頃、横川に、某《なにがし》の僧都《そうづ》とかいひて、いと尊き人、住みけり。八十《やそぢ》あまりの母、五十《いそぢ》ばかりの妹ありけり。ふるき願《ぐわむ》ありて、初瀬《はつせ》に詣でたりけり。

僧都が浮舟を発見して助ける

僧都の母尼が長谷寺参詣の帰途、病気になった。僧都は尼を迎えるために宇治に行き、そこで倒れている浮舟を発見して助ける。

比叡山の小野の山里に連れ帰った

妹尼は自分の亡き娘の身代わりと思い、浮舟を篤く看病した。比叡山の麓の小野の山里に浮舟を連れて行く。

浮舟が意識を回復

数か月ほどして浮舟は意識を回復した。垣根にナデシコ・オミナエシ・キキョウが咲き始める頃だった。浮舟は宇治を懐かしく思いながら、一人静かに手習いをして憂さを慰める日々を送る。

出家し自分の生きる道を求めた

浮舟を見て、姉尼の亡き娘の夫が求愛。浮舟は煩わしく思い、出家して自らの生きる道を求めた。薫は浮舟のことを知り横川へ向かう。

キキョウ（**桔梗**）・キキョウ科の多年草。日当たりのよい山野に自生。秋の七草の一つで、青紫色の端正な花姿が古代から愛されてきた。万葉集に「あさがお」として五首、古今集に「きちかう」として一首詠まれている。花期六〜八月。

ヤブカンゾウ（**藪萱草**）・ユリ科の多年草。田の畦道や野原などに自生。中国ではこの花を見て憂いを忘れるという故事があり、その影響でワスレグサ（忘草）ともいわれた。万葉集に五首、古今集に六首、新古今集に二首詠まれている。花期七月。

キキョウ（桔梗）

ふっくらとした蕾には充実感がある。まさに咲こうとしている蕾と清らかな青紫色の花との対比がみごとである。花の清らかさは出家した浮舟の姿を写し出しているようである。

ヤブカンゾウ（薮萱草）

出家した浮舟は「薄き鈍色の綾、中には萱草など、澄みたる色」を着ていたが、その姿は相変わらず美しかった。萱草色は凶色で、服喪中には華やかな紅色をさけて萱草色を着るのが当時の習慣だった。

五四．夢浮橋

ゆめのうきはし

薫は浮舟のいきさつを聞いて落涙

薫は僧都の住む比叡山の横川を訪れた。僧都から浮舟の救出から出家までのいきさつを聞いて落涙。

浮舟には会えない

薫は僧都に小野の里に案内してくれるように頼んだが断られ、手紙だけを書いて山を下りた。

浮舟の弟が薫と僧都の手紙を持ってゆく

浮舟の弟小君が薫と僧都の手紙を持って、小野の山里を訪れたが、浮舟は会いたいのは母だけであると言って弟には会わなかった。

浮舟は手紙を押し返す

浮舟は薫の手紙を前にして心が乱れたが、手紙を押し返した。

京都で待っていた薫は

小君が空しく帰ってきたのを見て、薫は手紙など持たせてやらなければよかったと後悔。誰か男が隠しているのではないかと邪推もした。

「いつしか」と、まちおはするに、かく、たどくしくて、歸《かへ》り來《き》たれば、「すさまじく、なかくなり」と、おぼすこと、さまぐにて、「人の、かくしすゑたるにやあらむ」と、わが御心の、思ひ寄らぬ隈なく、おとし置き給へりしならひにとぞ。

五十四帖の結末としてはつまらない幕切れである。これも女性作者紫式部の男性批判の表れであろうか。

宇治十帖モニュメント

橋の小島と宇治川東岸を結ぶ朝霧橋のたもとにある。平安時代には朝霧橋はなく、浮舟と匂宮はここを小舟で渡った。

宇治上神社拝殿

薫の宇治の山荘は平等院、八の宮の山荘は対岸の宇治上神社付近にあった。宇治上神社は平成六年に世界文化遺産に登録された。本殿は平安時代に建てられ、拝殿は鎌倉初期の建築、ともに国宝に指定されている。

宇治橋から眺める「橋の小島」

浮舟を乗せた小舟が橋の小島にさしかかると、匂宮は舟を止めさせて歌を詠んだ。

年經《ふ》ともかはらん物か橋の
小島がさきに契る心は　匂宮

これより前、薫も浮舟に愛の告白をした。

宇治橋のながき契りは朽ちせじを
あやぶむ方《かた》に心さわぐな　薫

絶間のみ世にはあやふき宇治橋を
朽ちせぬ物となほ頼めとや　浮舟

宇治上神社本殿
（京都府宇治市宇治山田）
本殿は平安時代に建てられた我が国最古の神社建築で、国宝、世界文化遺産に登録されている。

宇治を訪ねて

源氏物語の世界にひたる

「宇治十帖」の舞台

京都から奈良線に乗って宇治駅で降りると駅前に観光案内所がある。「宇治イラスト・マップ」をもらい、地図をたよりにのんびり歩くのがよい。『源氏物語』「宇治十帖」の舞台がいたるところに広がっている。

ボランティアガイドクラブのガイドは二～一五名単位、四時間、一〇〇〇円。

宇治川のほとりを歩く

まず世界文化遺産の平等院を拝観。宇治川の景観を楽しみながら歩いて行けばやがて宇治上神社に至る。日本最古の神社で世界文化遺産に登録されている。

「さわらびの道」を散策すれば自然に源氏物語ミュージアムに着くようになっている。そこから宇治橋を渡り、まっすぐ進めば出発点JR宇治駅に戻る。

源氏物語ミュージアムで
源氏の世界を体感

常設展示室には六条院を一〇〇分の一に縮小した模型がある。必見は一〇分間の絵巻ビジョン。超ワイドスクリーンに映し出される映像は迫力がある。内容が分かってもわからなくともよい。象徴的に描く源氏物語の世界をフィーリングで味わうことが大切。

常設展示室のほかに企画展示室や図書室、ビデオなどがあり、『源氏物語』を気軽に体感できる施設である。入館料五〇〇円。

浄土庭園に残る寝殿造の遺構

白水阿弥陀堂・東池（福島県いわき市内郷）
白水阿弥陀堂は奥州藤原氏初代の藤原清衡の娘徳姫が磐城の豪族に嫁ぎ、亡くなった夫のために建立した。正方形の御堂は創建当時のもので国宝。昭和五一年に浄土庭園が復元され、御堂と庭園が一体となって極楽浄土の世界を現出させている。

毛越寺・洲浜（岩手県平泉町）
毛越寺は平安時代、奥州藤原氏二代目藤原基衡が建立。建物はすべて焼失したが、池中立石・洲浜・遣水など平安時代の遺構がほぼ完全な姿で残っている。遣水付近の情景は王朝絵巻を見るように美しい。特別史跡・特別名勝の二重指定になっている。

取材協力

宇治市源氏物語ミュージアム

引用文献

『源氏物語』全6冊　山岸徳平校注　岩波文庫　一九九六年

『枕草子』　池田亀鑑校訂　岩波文庫　一九六二年

『万葉集』上・下　佐々木信綱編　岩波文庫　一九九七年

『古今和歌集』　佐伯梅友校注　岩波文庫　一九九九年

『新古今和歌集』　佐々木信綱校訂　岩波文庫　一九九九年

『新訂徒然草』　西尾実・安良岡康作校注　岩波文庫　二〇〇〇年

『芭蕉おくのほそ道』　萩原恭男校注　岩波文庫　一九九六年

『源氏に愛された女たち』　渡辺淳一　集英社　一九九九年

『堀文子画文集・花』　堀文子　日本交通公社

『なごりのもみじ』　幸田文　岩波書店『幸田文全集第二十一巻』

『紅梅』　円地文子　新潮社『円地文子全集第一五巻』

『秋の七草に添えて』　岡本かの子　冬樹社『岡本かの子全集一三巻』

『われもこう』　壷井栄　文泉堂出版『壷井栄全集六』

参考文献

『源氏物語』全六冊　阿部秋生他校注・訳　小学館

『源氏物語』全一〇巻　瀬戸内寂聴　講談社

『花源氏物語』　田辺聖子　他　光村推古書院

『源氏の花を訪ねて』　入江泰吉・尾崎左永子　求龍堂

『源氏物語図典』　秋山虔・小町谷照彦編　小学館

『源氏物語を知る事典』　西沢正史編　東京堂出版

『源氏物語を歩く』　朧谷壽監修　ＪＴＢ

『花の万葉秀歌』　中西進　山と渓谷社

『古今・新古今集の花』　松田修　国際情報社

『園芸植物大辞典』全六巻　小学館　小学館

『原色樹木大図鑑』　北隆館　北隆館

『草木花歳時記』全四巻　週刊百科編集部　朝日新聞社

『花の歳時記』全四巻　読売新聞社　読売新聞社

『新日本大歳時記』全五巻　講談社　講談社

『日本の樹木』　西田尚道監修　学習研究社

『花木・庭木』　西田尚道監修　学習研究社

『日本の野草』全三巻　矢野　亮　学習研究社

『日本の野草』全三巻　菅原久夫　小学館

『日本の伝統色』　福田邦夫　読売新聞社

『色々な色』　近江源太郎監修　光琳社出版

【索引】

〈あ〉
あおい（葵） 22
あかし（明石） 30
あげまき（総角） 112
あさがお（朝顔） 44
アカマツ（赤松） 41
アサガオ（朝顔） 44・45
あさがおのきみ（朝顔の君） 45
あさくらちょうそかん（朝倉彫塑館） 50
アシ（葦） 121
あずまや（東屋） 118
〈い〉
いしやまでら（石山寺） 37
〈う〉
うきふね（浮舟） 120
うじ（宇治） 109・127・128
うじがみじんじゃ（宇治上神社） 127・128
うじがわ（宇治川） 109・128
うじばし（宇治橋） 109・127
うすぐも（薄雲） 42
うつせみ（空蝉） 10
ウノハナ（卯の花） 50
ウメ（梅） 16・17・57・81・105・107
うめがえ（梅枝） 80
〈え〉
えあわせ（絵合） 38
〈お〉
おうち（楝） 55
おおいがわ（大堰川） 41
おとめ（乙女） 46
オニドコロ（鬼野老） 92・93
オミナエシ（女郎花） 68・69・119
〈か〉
カエデ（楓） 18・19・25・37・91・113
かがりび（篝火） 64
かげろう（蜻蛉） 122
カシワ（柏） 90・91
かしわぎ（柏木） 90
カバザクラ（樺桜） 67
カレアシ（枯葦） 121
〈き〉
キキョウ（桔梗） 75・125
キク（菊） 24・117
ぎっしゃ（牛車） 23
キリ（桐） 6・7
きりつぼ（桐壺） 6
〈く〉
クズ（葛） 96・97
クチナシ（梔子） 55
〈け〉
源氏物語ミュージアム 59・121・128
源氏の庭 75
〈こ〉
こうばい（紅梅） 104
コウバイ（紅梅） 17・57・81・105
ごくすいのえん（曲水の宴） 39
こちょう（胡蝶） 58
コナラ（小楢） 53
〈さ〉
さかき（賢木） 24
サクラ（桜） 29・67・89・99
ササ（笹） 77
サネカズラ（真葛） 54・55
さわらび（早蕨） 114

〈し〉
しいがもと（椎本）　110
シオン（紫苑）　68・69・119
シキミ（樒）　112
シダレヤナギ（枝垂柳）　111
じょうどていえん（浄土庭園）　129
ショウブ（菖蒲）　60・61
しらみずあみだどう（白水阿弥陀堂）　5・51・129
〈す〉
すえつむはな（末摘花）　16
ススキ（薄・芒）　35・91・117
スズシロ（清白）　85
すずむし（鈴虫）　94
すま（須磨）　28
すみよしたいしゃ（住吉大社）　31・33
〈せ〉
セキチク（石竹）　62・63
せきや（関屋）　36
センダン（栴檀）　55
〈そ〉
〈た〉
たけかわ（竹河）　106
タチバナ（橘）　26・27・89・123
たちばなのこじま（橘の小島）　109・127
たまかずら（玉鬘）　54
〈ち〉
〈つ〉
ツクシ（土筆）　115
ツタ（蔦）　116・117
ツツジ（躑躅）　46・47
ツバナ（茅花）　34・35
ツユクサ（露草）　112・113
〈て〉
てならい（手習）　124
〈と〉
とこなつ（常夏）　62
トコナツ（常夏）　63
〈な〉
ナデシコ（撫子）　8・9・13
〈に〉
におうのみや（匂宮）　103
〈ぬ〉
〈の〉
ノギク（野菊）　25
ノキシノブ（軒忍）　28・29
ノコンギク（野紺菊）　25
のわき（野分）　66
〈は〉
ハギ（萩）　66・67・95・99・119
ハクバイ（白梅）　81
ハクレン（白蓮）　101
はしひめ（橋姫）　108
ハス（蓮）　94・95・101
はつね（初音）　56
はなちるさと（花散里）　26
はなのえん（花宴）　20
ははきぎ（帚木）　8
ハハキギ（帚木）　9
ハハソ（柞）　52
ハマユウ（浜木綿）　89
はるのななくさ（春の七種）　85
〈ひ〉
〈ふ〉
フジ（藤）　6・7・73・79・83・87・107
ふじのうらば（藤裏葉）　82
ふじばかま（藤袴）　76

【索引】

フジバカマ（藤袴）　76・77・103
フタバアオイ（双葉葵）　22・23
〈へ〉
ベニバナ（紅花）　16・17
〈ほ〉
ホオズキ（鬼灯）　70・71
ほたる（蛍）　60
ボタン（牡丹）　50
ホトケノザ（仏の座）　85
〈ま〉
まきばしら（真木柱）　78
マツ（松）　30・31・53・56・57・107
まつかぜ（松風）　40
まぼろし（幻）　100
マユミ（檀）　64・65
〈み〉
みおつくし（澪標）　32
みのり（御法）　98
ミヤギノハギ（宮城野萩）　67・95
みゆき（行幸）　74
〈む〉
ムラサキ（紫）　14・15
紫式部公園　11
ムラサキツユクサ（紫露草）　15
〈め〉
〈も〉
もうつうじ（毛越寺）　3・4・129
もみじ（紅葉）　18・19・25・37・43・113
もみじのが（紅葉賀）　18
〈や〉
ヤエヤマブキ（八重山吹）　59・71
ヤドリギ（宿木）　116
ヤブカンゾウ（薮萱草）　125
ヤブコウジ（薮柑子）　121
ヤマイモ（山芋）　93
ヤマザクラ（山桜）　59・111
ヤマツツジ（山躑躅）　46・47
ヤマブキ（山吹）　46・47・59・79
やりみず（遣水）　65・123
〈ゆ〉
ゆうがお（夕顔）　12
ユウガオ（夕顔）　12・13
ゆうぎり（夕霧）　96
ゆめのうきはし（夢浮橋）　126
〈よ〉
よこぶえ（横笛）　92
よもぎう（蓬生）　34
ヨルガオ（夜顔）　61
〈ら〉
〈り〉
リンドウ（竜胆）　72・73
〈れ〉
〈ろ〉
ろくじょういん（六条院）　47・49・51・52
ろざんじ（廬山寺）　75
〈わ〉
ワカカエデ（若楓）　27・91
わかな（若菜）　84・86
わかむらさき（若紫）　14
ワラビ（蕨）　114・115
ワレモコウ（吾亦紅）　102・103

著者紹介

青木　登　（あおき　のぼる）
紀行作家・写真家
多摩らいふ倶楽部・多摩カレッジ講師
一九三六年生まれ　都立立川高校・東京学芸大学卒業

おもな著書

『東京庭園散歩』・『神奈川庭園散歩』・『甲斐庭園散歩』（のんぶる舎）
『東北庭と花と文学の旅』上下（同）
『名作と歩く　多摩・武蔵野』（同）
『多摩・武蔵野　花の歳時記』（同）
『名作と歩く　東京山の手・下町』第一集、第二集（けやき出版）

源氏物語の花

二〇〇四年三月十二日　第一刷発行
著　者　青木　登
発行者　清水　定
発行所　株式会社けやき出版
〒一九〇―〇〇二三
東京都立川市柴崎町三―九―六
電　話　〇四二―五二五―九九〇九
ＦＡＸ　〇四二―五二四―七七三六
デザイン　山口裕美子
ＤＴＰ　株式会社メイテック
製版・印刷　株式会社メイテック

ISBN4-87751-217-9-C0076